브람스를 좋아하세요...

Aimez-vous Brahms...

AIMEZ-VOUS BRAHMS...

by Françoise Sagan

세계문학전집 179

브람스를 좋아하세요...

Aimez-vous Brahms...

프랑수아즈 사강

김남주 옮김

민음사

기(Guy)에게

차례

1장

폴은 거울에 비친 자신의 얼굴을 들여다보고 있었다. 그녀는 이런 경우 흔히 갖게 마련인 신랄함이나 당혹감이 아니라 조심성에 가까운 차분함을 가지고, 좌절로 얼룩진 거울 속의 얼굴을 서른아홉 해로 나누어 보았다. 얼굴의 음영을 두드러져 보이게 하고 주름을 더 깊어 보이게 하기 위해 자신이 손가락 두 개로 잡아당기는 그 탄력 없는 살갗이 마치 누군가 다른 사람, 아가씨의 대열에서 아줌마의 대열로 마지못해 넘어가고 있는, 외모에 몹시 신경을 쓰는 또 다른 폴의 것이기라도 한 것처럼. 그녀로서는 그런 모습이 낯설었다. 그녀가 이렇게 거울 앞에 앉은 것은 시간을 죽이기 위해서였으나, 정작 깨달은 것은 사랑스러웠던 자신의 모습을 공격해 시나브로 죽여 온 것이 다름 아닌 시간이라는 사실이었다. 그런 생각이 떠오르자 그녀는 빙긋 웃음이 나왔다. 로제는 9시에 오기로 되어 있었다. 그리고 지금은 7시였다. 시간은 충분했다. 침대에 길게 누워 두 눈을 감고 아무것도 생각하지 않을 시간, 긴장을 풀 시간, 휴식을 취할 시간. 하지만 저녁마다 반드시 휴식을 취해야 할 만큼 고단하게, 낮 동안 자신이 무언가에 열정적으로 몰두하기라도 했단 말인가? 이 방에서 저 방으로, 이 창문에서 저 창문으로 배회하게 만드는 이 불안정한 무기력이 어떤 것인지 그녀는 잘 알고 있었다. 어린 시절 비 오는 날이면 느끼곤 했던 무기력이었다.

그녀는 욕실로 들어가 몸을 굽히고 욕조의 물에 손을 갖다 댔는데, 그 동작으로 인해 불현듯 떠오르는 것이 있었다. 또 다른 기억이……. 대략 십오 년도 더 된 일이었다. 그녀는 마르크와 함께였고, 그들은 두 해째 휴가를 같이 보내고 있었으나, 당시 이미 그녀는 그 모든 것이 지속될 수 없으리라는 것을 느꼈다. 그들은 마르크의 요트에 타고 있었다. 요트의 돛이 불안한 마음처럼 바람에 흔들렸다. 그녀는 스물다섯 살이었다. 다음 순간 문득 그녀는 행복이 차오르는 것을 느끼며 모든 것이 잘되리라는 번개 같은 깨달음과 함께 자신의 삶 전체와 세상을 받아들였다. 그러고는 표정을 숨기기 위해 뱃전에 몸을 기울이고 빠르게 흘러가는 물에 손가락을 담그려 했던 것이다. 작은 요트가 기울어졌다. 마르크가 그녀에게 특유의 무사태평한 눈길을 보냈다. 그러자 즉각 그녀의 마음속에서는 행복감이 물러가고 조롱기가 차올랐다. 그 이후에도 그녀는 다른 이들과 함께 혹은 다른 이들로 인해 행복감을 맛보았지만, 그렇게 전적으로, 그 무엇으로도 대체 불가능한 방식으로 행복했던 것은 조금 전 그 순간이 마지막이었다. 그리고 그 기억은, 이를테면 지켜지지 않은 약속에 대한 기억과 비슷했다.

* * *

로제가 도착하면 그에게 설명하리라, 설명하려 애쓰리라. 그러면 로제는 살면서 사람들이 겉과 속이 다른 경우를 발견할 때마다 드러내는 만족감을 곁들여, "그래, 당연히 그럴 거야."라고 대답하겠지. 그는 살면서 부딪치는 어이없는 일들에 대해, 그런 상황을 한사코 연장하는 사람들의 고집에 대해 한마디 해야 할 때마다 몹시 열의를 보이곤 했다. 그에게는 그 모든 것이 끊임없는 활력으로, 생경한 욕구로, 삶에 대한 커다란 만족감으로 치환되었고, 그런 만족감이 효력을 정지하는 것은 그가 잠을 잘 때뿐이었다. 그는 자면서도 깨어 있을 때만큼이나 자기 삶에 주의를 게을리하지 않겠다는 듯이, 가슴에 손을 올리고 단숨에 잠 속으로 빠져들곤 했다. 아니, 그녀는 로제에게 설명할 수 없으리라. 자신이 지쳤다는 것, 그들 두 사람 사이에 하나의 규율처럼 자리 잡은 이 자유를 이제 자신은 더 이상 어떻게도 할 수 없다는 것을. 그 자유는 로제만 이용하고 있고, 그녀에게는 자유가 고독을 의미할 뿐이 아니던가. 자신이 그가 몹시 싫어하는 악착스럽고 독점욕 강한 여자가 된 것 같다는 말을 그녀는 그에게 할 수 없으리라. 문득 그녀는 아무도 없는 자신의 아파트가 무섭고 쓸모없게 여겨졌다.

9시 정각에 초인종이 울렸다. 로제였다. 그에게 문을 열어 주면서, 그녀는 문 앞에서 약간 둔중한 모습으로 미소를 짓고 있는 그를 바라보며 이것이 바로 자신의 운명이라고, 자신은 그를 사랑하고 있노라고 또다시 체념 어린 태도로 스스로에게 되뇌었다. 그가 그녀를 품에 안았다.

"멋지게 차려입었네……. 보고 싶었어. 혼자 있어?"

"그래. 들어와."

'혼자 있어?'라니……. 만약 그녀가 "아니, 지금은 좀 곤란해."라고 대답한다면 그는 어떤 반응을 보일까? 하지만 지난 육 년 동안 그녀는 한 번도 그렇게 대답한 적이 없었다. 그는 그녀에게 매번 빠짐없이 그렇게 물었고, 때로는 그녀를 방해해서 미안하다고 말하기도 했다. 그런 그를 비난하는 건 그 말이 무의미하기 때문이라기보다는 그 속에 담긴 교활함 때문이었다.(그는 그 자신으로 인해 그녀가 외롭고 불행해질 수 있다는 사실조차 받아들일 수 없다는 뜻 아닌가.) 그녀는 그에게 미소를 지어 보였다. 그는 포도주 병을 열고 두 개의 잔을 채운 다음 자리에 앉았다.

"내 옆으로 와, 폴. 우리 어디 가서 저녁 먹을까?"

그녀는 그의 옆에 앉았다. 그 역시 지친 모습이었다. 그는 그녀의 손을 찾아 꼭 쥐었다.

"상황이 뒤얽혀 있어. 일은 엉망이고 사람들은 어리석은 데다 상상도 할 수 없을 만큼 굼뜨다고. 아! 시골에 가서 살면 얼마나 좋을까……."

폴이 웃기 시작했다.

"정작 시골에 가면 케드베르시[1]가 그리울걸. 당신의 창고와 트럭들이 말이야. 그리고 파리에서 보내는 긴 밤들도……."

그녀의 마지막 말에 그는 빙긋 웃으며 몸을 쭉 뻗고는 소파 위에 드러누웠다. 그녀는 그런 그를 돌아보지 않았다. 그녀는 자신의 손 위에 올려놓은 그의 손, 손바닥을 펴고 있는 그 커다란 손을 바라보았다. 그녀는 로제에 대해 전부 알고 있었다. 이마 밑으로 남들보다 아래까지 나 있는 숱 많은 머리카락, 약간 튀어나온 푸른 눈에 담긴 바로 그 눈빛, 입술의 주름을. 그녀는 그를 속속들이 알고 있었다.

"내가 보낸 광란의 밤에 대해 말해 줄까. 저번 날 밤엔 마치 애들처럼 경찰에 연행됐었어. 어떤 녀석이랑 싸웠거든. 마흔이 넘어서……. 경찰서에 가 보니……. 당신이 이해할까 몰라……."

"왜 싸웠는데?"

"기억 안 나. 하지만 녀석이 잘못한 건 분명해."

그렇게 물리적인 힘을 과시한 기억으로 원기가 돋기라도 한 것처럼 그가 튕겨지듯 자리에서 일어났다.

"갈 곳을 정했어. 피에몬시아 식당으로 가는 거야. 그런 다음 춤을 추러 가자고. 내 춤을 당신이 춤으로 봐 준다면 말이지."

"당신은 몸이 왔다 갔다 하는 거지, 춤추는 게 아니야." 폴

---

1) 파리 센강의 한 유역.

이 대답했다.

"그렇게 생각하지 않는 사람들도 있어."

"당신에게 굽실거리는 그 딱한 사람들 이야기라면 그건 다른 문제야." 폴이 말했다.

그들은 웃기 시작했다. 로제의 자질구레한 모험담은 두 사람 사이에 좋은 농담거리였다. 폴은 잠시 벽에 몸을 기댔다가 층계의 난간을 잡았다. 그녀에겐 차마 아까 그에게 해야겠다고 생각했던 말을 꺼낼 용기가 없었다.

로제의 차에 탄 폴은 방심한 태도로 라디오를 켰다. 그녀는 계기판의 창백한 빛에 비친 자신의 길고 잘 손질된 손가락에 힐긋 눈길을 주었다. 정맥이 드러나 손가락 쪽으로 돌출되기 시작하면서 이리저리 뒤얽혀 있었다. '내 삶을 반영하는 것 같군.' 하고 그녀는 생각했다.

다음 순간 그녀는 그렇지 않다는 것을 인식했다. 그녀에게는 마음에 드는 직업이 있었고, 그다지 후회스럽지 않은 과거와 좋은 친구들이 있었다. 그리고 지속적인 이성 관계도 있었다. 그녀는 로제에게 고개를 돌렸다.

"내가 이런 동작을 몇 번이나 했을까? 당신과 저녁 식사를 하러 가면서 이 차의 라디오를 켜는 것 말이야."

"모르겠는걸."

그는 그녀를 힐긋 곁눈질했다. 자신을 향한 그녀의 확신에 찬 오랜 사랑에도 불구하고, 그는 줄곧 그녀의 기분에 놀라울 정도로 민감했고 언제나 경계 태세를 갖추고 있었다. 마치 처음 사귈 무렵에 그랬던 것처럼……. 그녀는 '기억나?'라고 물으려다가 참고 오늘 저녁에는 자신의 감상적 성향을 조심해야겠다고 생각했다.

"그 동작이 당신을 지치게 한 건가?"

"아냐. 나 자신이 때때로 좀 지친 것처럼 느껴져."

그가 그녀를 향해 손을 뻗자, 그녀는 그 손을 두 손으로 감싸 쥐었다. 그는 속도를 냈고, 익숙한 길들이 자동차 아래로 쏜살같이 밀려들었다. 파리는 가을비에 젖어 번들거리고 있었다. 그가 웃기 시작했다.

"나는 왜 이렇게 차를 빨리 모는 걸까. 청년처럼 보이려는 게 아닐까 싶어."

그녀는 대답하지 않았다. 그녀와 만나기 시작한 이후 그는 줄곧 청년인 체했고, 실제로도 자신을 '청년'이라고 여기고 있었다. 그가 그녀에게 이런 사실을 고백한 것은 불과 얼마 전이었는데, 그 고백 자체가 그녀에게는 두려움을 불러일으켰다. 그녀는 자신의 이해심과 애정으로 인해 자신이 슬그머니 그의 상담자 역을 떠맡게 되었다는 사실에 점점 더 커져 가는 두려움을 느꼈다. 그는 바로 그녀의 삶이 아닌가. 그런데 그는 그 사실을 잊고 있었고, 그녀는 정말이지 존경받을 만한 신중함으로 그가 그 사실을 잊는 것을 돕고 있는 셈이었다.

그들은 조용히 저녁 식사를 하면서 로제의 회사 같은 운송 회사들 전체가 공통으로 갖는 어려움에 대해 이야기를 나누었다. 그런 다음 폴은 그녀가 실내장식을 한 상점들에서 있었던 두세 가지 재미있는 일화를 그에게 들려주었다. 파트[2] 의 상실의 어떤 여자 고객은 폴이 자기 아파트의 실내장식을 맡아 주기를 몹시 바라고 있었다. 아주 부유한 미국 여자였다.

"반 덴 베시? 아는 사람 같은데. 아! 그래……." 로제가 말했다.

폴은 눈썹을 추켜올렸다. 로제의 태도에는 특정 범주의 추억만이 불러일으킬 수 있는, 묘하게 유쾌한 분위기가 어려 있었다.

"한때 그녀와 사귄 적이 있었지. 전쟁 전이었던 것 같아. 언제나 플로랑스 식당에 왔었는데."

"그 이후 그 여잔 결혼을 하고 이혼을 했어."

"그래, 그래. 그 여자 이름이 그러니까……." 로제가 꿈꾸는 듯한 어조로 중얼거렸다.

그녀는 그런 그가 신경에 거슬렸다. 그녀는 갑자기 그의 손바닥을 포크로 찍어 버리고 싶은 충동을 느꼈다.

"그 여자 이름 같은 건 관심 없어. 내가 보기에 그 여잔 돈은 꽤 있는데 취향은 없는 것 같아. 내가 먹고살기 위해 필요로 하는 바로 그런 부류지." 그녀가 말했다.

"그 여자 지금 몇 살이지?"

"육십 대일 거야." 폴은 차갑게 대답하다가 로제의 표정을 보고 웃음을 터뜨렸다. 로제는 탁자를 가로질러 몸을 앞으로 기울이고 그녀를 물끄러미 응시했다.

"당신은 정말 못됐어. 내 기를 꺾으려고 온갖 짓을 다 하지.

---

2) 프랑스의 디자이너 자크 파트(1912~1954). 크리스티앙 디오르와 함께 여성적인 의상을 선보였고 화장품 업계에도 진출해 '파트 드 파트'라는 유명한 향수를 만들었다.

하지만 나는 당신을 사랑해. 그러지 말아야 하는데 말이야.”

그는 피해자의 역할을 즐겼다. 폴이 한숨을 내쉬었다.

“어쨌든 나는 내일 거기 갈 거야. 클레베가(街)에 말이야. 내겐 돈이 필요해. 돈 문제로 점점 더 골치 아파지고 있어. 당신도 물론 그렇겠지만.” 그가 그만하라는 뜻으로 손을 들어 올리자 그녀가 재빨리 덧붙였다.

“다른 얘길 하자. 춤 좀 추러 갈까.” 그가 말했다.

나이트클럽에 간 그들은 무대에서 멀리 떨어진 작은 탁자에 앉아, 연이어 지나가는 얼굴들을 한마디 말도 없이 바라보았다. 그녀는 한 손을 그의 손 위에 올려놓고 있었다. 그녀는 완벽한 안정감과 더불어 자신이 그에게 완전히 익숙해져 있음을 느꼈다. 로제 이외의 누군가를 사귀는 일 같은 건 결코 할 수 없으리라. 그녀는 그런 안정감에서 서글픈 행복을 끌어냈다. 그들은 춤을 추었다. 그는 그녀를 꼭 끌어안고 스스로에게 몹시 만족한 모습으로 아무 리듬도 없이 무대의 한쪽 끝에서 다른 쪽 끝까지 가로질렀다. 그녀는 무척 행복했다.

얼마 후 그들은 차를 타고 돌아왔고, 그는 차에서 내려 현관 앞에서 그녀를 품에 안았다.

“그럼 잘 자. 내일 봐, 자기.”

그는 그녀에게 가볍게 키스한 다음 자리를 떴다. 그녀는 손을 흔들었다. 그가 그녀를 혼자 자게 내버려 두는 일이 점점 더 잦아졌다. 아파트는 텅 비어 있었다. 그녀는 소지품을 꼼꼼하게 정돈한 다음 침대 위에 앉았다. 두 눈에 눈물이 고였다. 오늘 밤도 혼자였다. 그리고 앞으로의 삶 역시 그녀에게는, 사람이 잔 흔적이 없는 침대 속에서, 오랜 병이라도 앓은 것처럼 무기력한 평온 속에서 보내야 하는 외로운 밤들의 긴 연속처럼 여겨졌다. 침대 속에서 그녀는 마치 누군가의 따뜻한 옆구리를 만질 수 있기라도 한 듯이 본능적으로 한쪽 팔을 뻗었고, 누군가의 잠을 깨우지 않으려는 듯이 조용히 숨을 내쉬었다. 남자든 아이든, 누구든 상관없었다. 그녀를 필요로 하는 이, 잠들고 깨는 데 그녀의 온기를 필요로 하는 이라면. 하지만 아무도 그녀를 필요로 하지 않았다. 로제는, 아마도, 가끔은 그녀를 필요로 하리라……. 하지만 진정으로 필요로 하는 것은 아니었다. 그렇게 잠들고 깨는 데 필요하다거나 열정적으로 필요해서가 아니라 본능적으로만 필요로 할 뿐임을 그녀는 때때로 느낄 수 있었다. 그녀는 가만히, 가슴 아프게 고독을 되씹었다.

* * *

로제는 자기 집 앞에 차를 세워 놓고 오랫동안 걸었다. 그는 심호흡을 하면서 조금씩 보폭을 넓혔다. 기분이 몹시 좋았다. 폴을 만날 때마다 그는 무척 기분이 좋아졌다. 그가 사랑하는 사람은 오직 그녀뿐이었다. 오늘 밤 그녀 곁을 떠나면서 그녀가 슬퍼하는 것을 느꼈지만 그는 뭐라고 말해 줘야 할지 알 수 없었다. 그녀가 그 자신에게 막연하게 무엇인가를 요구하고 있다는 것을 그는 잘 알고 있었다. 그 무엇이라는 건 그가 그녀에게 줄 수 없는 것, 그가 이제까지 아무에게도 줄 수 없었던 것이었다. 그는 당연히 그녀 곁에 머물고 그녀와 사랑을 나누었어야 했다. 그것이야말로 여자를 안심시키는 가장 좋은 방법이었다. 하지만 그는 걷고 싶었고, 거리를 가로지르고 싶었고, 이리저리 배회하고 싶었다. 보도 위에 울리는 자신의 발소리를 듣고 싶었고, 자신이 잘 알고 있는 이 도시를 살펴보고 싶었으며, 그러다가 어쩌면 늦은 밤의 어떤 기회를 포착하고 싶었는지도 몰랐다. 그는 강둑 끝의 불빛을 향해 걸음을 옮겼다.

2장

녹초가 된 채 늦게 잠에서 깬 폴은 서둘러 집을 나섰다. 사무실에 가기 전에 어제 말한 그 미국 여자의 집에 들러야 했다. 아침 10시, 그녀는 클레베가에 있는 어떤 집의 가구 없이 반쯤은 비어 있는 거실로 들어섰다. 주인이 아직 자고 있는 듯했으므로 그녀는 거울 앞에서 조용히 화장을 고쳤다. 바로 그 거울 속에서 그녀는 한 남자가 들어오는 것을 보았다. 지나치게 헐렁한 실내복을 입었고 머리카락은 헝클어져 있었지만 깜짝 놀랄 정도로 미남이었다. '내 타입은 아니야.' 하고 폴은 줄곧 뒤를 돌아보지 않은 채 생각했다. 그녀는 잠시 거울 속의 자신에게 미소를 지었다. 청년은 무척 호리호리했고, 살결은 가무잡잡했으며, 눈동자는 좀 지나치게 섬세해 보이는 연한 빛을 띠고 있었다.

청년은 폴을 보지 못한 듯 노래를 흥얼거리며 창가로 다가갔다. 폴이 기침을 하자 청년은 잘못을 들킨 사람처럼 그녀를 향해 몸을 돌렸다. 한순간 폴은 그 청년이 반 덴 베시 부인의 마지막 환상을 표상하는 인물일지도 모른다고 생각했다.

"죄송하지만 저와는 초면인 것 같군요. 저는 시몽 반 덴 베시입니다." 청년이 말했다.

"이 아파트의 실내장식을 맡아 달라는 당신 어머니의 부탁으로 들렀어요. 저 때문에 식구들이 모두 깬 게 아닌지 모르겠네요."

"이르든 늦든 어쨌거나 일어나긴 해야죠." 시몽이 서글픈 어조로 말했다. 폴은 그 청년이 불평이 많은 부류일 것이라고 생각했다.

"그럼 앉으시지요." 시몽은 실내복의 깃을 여미며 진지한 태도로 그녀 앞에 앉았다.

그는 약간 겁을 먹은 것처럼 보였다. 폴은 그런 그에게 막연한 동질감을 느끼기 시작했다. 어쨌든 그는 스스로의 외모를 전혀 의식하지 않는 것 같았다. 그것은 뜻밖이었다.

"아직도 비가 오는 것 같죠?"

그녀는 웃기 시작했다. 아침 10시에 그녀 자신이 전문직 여성 같은 표정으로 자리에 앉아 실내복 차림의 몹시 잘생긴 청년을 겁에 질리게 하고 있는 것을 로제가 보았다면 뭐라고 했을까.

"네, 네. 비가 내리고 있어요." 그녀가 쾌활하게 대답했다.

그가 시선을 들었다.

"제가 무슨 말을 하면 좋을까요? 저는 당신이 초면입니다. 이미 아는 사이라면 다시 만나서 무척 기쁘다고 말할 테지만요." 그가 말했다.

그녀는 어리둥절해 그를 바라보았다.

"왜 그런 말씀을 하시는 거죠?"

"그냥 그렇다고요."

그는 고개를 돌렸다. 그녀는 그가 점점 더 이상하게 여겨졌다.

"정말이지 이 아파트에는 가구가 좀 더 있어야겠어요. 세 사람 이상이 있으면 어디 앉죠?" 그녀가 물었다.

"모르겠습니다. 저는 여기 있는 경우가 거의 없거든요. 종일 일을 하고 돌아오면 너무 피곤해서 바로 잠자리에 든답니다." 그가 대답했다.

폴은 그 청년을 어떻게 생각해야 할지 전혀 종잡을 수 없었다. 그는 육체노동에 종사하지는 않지만 하루 종일 일을 한다고 했다. 그녀는 하마터면 "무슨 일을 하시는데요?"라고 물을 뻔했다.

하지만 그녀는 스스로를 억제했다. 그런 호기심은 그녀로서는 자연스러운 일이 아니었다.

"저는 수습 변호사입니다. 일이 많죠. 자정에 자고 새벽에 일어납니다……." 시몽이 다시 말했다.

"하지만 지금은 아침 10시인데요?" 폴이 환기시켰다.

"오늘 아침 제 중요한 고객이 사형대에 올랐거든요." 그가 여운 있는 목소리로 말했다.

그녀는 소스라쳤다. 그는 두 눈을 내리깐 채였다.

"맙소사……. 그래서 그 사람은 죽었나요?" 그녀가 물었다.

그들은 함께 웃음을 터뜨렸다. 그는 자리에서 일어서더니 벽난로 위에서 담배 한 개비를 집어 들었다.

"아닙니다. 사실 저는 그리 열심히 일하는 편이 아닙니다. 그런데 아침 10시에 이 몰취미한 거실을 꾸밀 채비를 하고 있는 당신을 보니 저도 열심히 일해야 할 것 같은 생각이 드는군요."

그는 무척 흥분한 태도로 방 안을 왔다 갔다 했다.

"진정하세요." 폴이 말했다.

그녀는 기분이 몹시 좋아지고 흥겨워졌다. 이제 그녀는 시몽의 어머니가 등장해 분위기를 깰까 봐 걱정이 되기 시작했다.

"저는 옷을 좀 갈아입어야겠습니다. 잠깐이면 됩니다. 좀 기다려 주세요." 시몽이 말했다.

* * *

폴은 반 덴 베시 부인과 함께 한 시간을 보냈다. 부인은 아침이면 약간 얼이 빠진 사람 같았고 몹시 기분이 좋지 않은 듯했다. 폴은 부인과 함께 복잡한 계획을 세운 다음, 시몽에 대해서는 완전히 잊은 채 돈 쓸 일을 떠올리며 유쾌한 기분으로 층계를 내려왔다. 밖에는 줄곧 비가 내리고 있었다. 그녀가 택시를 부르려고 한쪽 팔을 들어 올렸을 때, 지붕이 낮은 소형차가 그녀 앞에 와서 멈추었다. 시몽이 안에서 차 문을 열었다.

"태워다 드릴까요? 저는 사무실로 가는 길입니다."

그는 한 시간 동안 그녀를 기다리고 있었음이 분명했다. 하지만 눈치를 보는 듯한 그의 태도에 폴은 마음이 약해졌다. 그녀는 상체를 깊이 숙이며 어렵게 차에 오른 다음 그에게 미소를 지었다.

"마티뇽가(街)로 가 주세요."

"어머니하고의 일은 잘되었나요?"

"아주 잘됐답니다. 당신은 곧 푹신한 소파에서 피곤을 풀 수 있을 거예요. 저 때문에 늦지 않으시겠어요? 11시가 넘었어요. 사람들을 모조리 사형시키고도 남을 시간이군요."

"시간은 충분합니다." 그가 시무룩하게 대답했다.

"당신을 놀리는 게 아니에요." 그녀가 부드럽게 말을 이었다. "저는 지금 무척 기분이 좋아요. 왜냐하면 그동안 돈 때문에 무척 골치를 썩어 왔는데, 당신 어머니 덕분에 그 문제가 해결될 테니까요."

"어머니에게 돈을 선불로 지불하라고 하세요. 어머니는 지독하게 인색하시거든요." 그가 말했다.

"자기 부모에 대해 그런 식으로 말해선 안 되죠." 폴이 말했다.

"전 열두 살이 아니라고요!"

"몇 살인데요?"

"스물다섯이에요. 그럼 당신은요?"

"서른아홉이에요."

그는 조그맣게 휘파람을 불었는데, 그 소리가 어찌나 불량

했던지 한순간 그녀는 화가 날 뻔했지만, 다음 순간 웃음을 터뜨렸다.

"왜 웃는 거죠?"

"그 휘파람 소리에 감탄이 담겨 있어서……."

"당신이 생각하는 것 이상으로 커다란 감탄이 담겨 있답니다." 그가 대답했다. 그런 다음 그가 너무나 감미로운 눈길로 바라보는 바람에 그녀는 거북해졌다.

와이퍼가 몹시 비효율적으로 차창 위를 왔다 갔다 하고 있었다. 그런 상황에서 어떻게 운전을 할 수 있는지 그녀는 의아했다. 차에 타느라 그녀는 스타킹까지 찢어졌다. 그녀는 이 불편한 자동차 안에서, 그녀에게 매혹된 것이 분명한 이 낯선 청년과 함께 있는 그녀 자신과, 자동차 덮개를 통해 들어와 그녀의 연한 색 외투를 더럽히는 빗방울이 아주 유쾌하게 느껴졌다. 그녀는 노래를 흥얼거리기 시작했다. 세금을 내고, 어머니에게 하숙비를 보내고, 상점의 빚을 결제하고 나면 남는 것은……. 그녀는 자세한 계산을 하고 싶지 않았다. 이 시몽이라는 청년 역시 자동차를 빨리 몰았다. 그녀는 로제를, 그리고 그녀 자신이 보낸 지난밤을 생각하고 다시 침울해졌다.

"언제 저와 점심 식사를 하지 않으시겠어요?"

시몽이 그녀에게 눈길도 주지 않은 채 재빨리 말했다. 그녀는 순간 겁이 났다. 그는 그녀가 모르는 사람이었으므로 애써 대화를 잇고 그에 관해 이것저것 묻고 새로운 상황으로 들어가야 하리라. 그녀는 겨우 이렇게 대답했다.

"당분간은 안 되겠어요. 일이 너무 많아서요."

"아! 그렇군요." 그가 말했다.

그는 더 이상 강요하지 않았다. 그녀는 힐긋 그를 바라보았다. 그는 속도를 늦추었고, 운전도 우울하게 하고 있는 것 같았다. 그녀가 담배 한 개비를 집어 들자 그가 그녀에게 라이터를 내밀었다. 두툼한 트위드 재킷 아래로 우스꽝스럽게 나와 있는 두 팔목은 무척 가늘고 소년티가 났다. '이런 외모를 가진 사람이 저렇게 사냥꾼 같은 모피 옷을 입어선 안 되는데.' 하고 그녀는 생각했다. 순간 그녀는 그를 챙겨 주고 싶은 욕구를 느꼈다. 그는 그녀 나이의 여자에게 모성애를 불러일으키기에 꼭 알맞은 그런 부류의 청년이었다.

"여기예요." 그녀가 말했다.

그는 한마디 말도 없이 차에서 내려 문을 열어 주었다. 그의 태도는 고집 세고 우울해 보였다.

"다시 한번 말하지만, 고마워요." 그녀가 말했다.

"천만에요."

그녀는 서너 걸음 걸은 다음 뒤를 돌아보았다. 그는 그 자리에 꼼짝 않고 서서 그녀를 바라보고 있었다.

3장

시몽은 주차할 곳을 찾느라 십오 분을 헤맨 다음, 결국 사무실에서 500미터 떨어진 곳에 차를 세웠다. 그가 일하는 곳은 그의 어머니의 친구인, 몹시 유명하고 지독히 심술궂은 어느 변호사의 사무실이었다. 그 변호사는 시몽의 어리석은 행동을 참아 주고 있었는데, 시몽으로서는 그 이유를 알아내기가 두려웠다. 시몽은 때때로 그를 끝까지 밀어붙이고 싶은 욕구를 느끼곤 했지만 귀찮아서 늘 그만두었다. 인도로 올라서다가 발목을 겹질린 그는, 즉각 순순히 체념한 듯한 태도로 절뚝이며 걷기 시작했다. 그가 지나가자 여자들이 뒤를 돌아보았다. '저렇게 젊고 저렇게 잘생겼는데 다리를 절다니. 정말 아깝군.' 하는 그들의 생각이 자신의 등을 후려치는 것을 그는 느낄 수 있었다. 자신의 외모에 여전히 아무 확신도 갖지 못했지만 그는 한시름 놓이는 기분이 들었다. '나는 추한 얼굴이 주는 힘 같은 건 가질 수 없겠군.' 그러면서 그는 때로는 저주받은 화가로, 때로는 습지를 떠도는 양치기로 살아가는 고행의 삶을 떠올려 보았다.

그가 다리를 절면서 사무실로 들어가자, 나이 지긋한 비서 알리스가 걱정과 궁금증이 뒤섞인 눈길을 던졌다. 그녀는 그의 주특기인 부주의에 대해 잘 알고 있었고, 유감과 호의가 섞인 태도로 그것을 참아 주고 있었다. 그런 외모와 그런 상상력에 진지하기만 하다면 그는 훌륭한 변호사가 될 수 있을 텐데. 그는 그녀에게 공감 어린 인사를 건네고 자리에 앉았다.

"왜 다리를 절죠?"

"진짜 저는 건 아닙니다. 어젯밤엔 누가 누굴 죽였나요? 저는 언제쯤이면 정말 참을 수 없는 끔찍한 범죄를 맡을 수 있는 걸까요?"

"오늘 아침 그분이 당신을 세 차례나 찾았어요. 지금 11시 30분이에요."

'그분'이란 수석 변호사를 뜻했다. 시몽이 수석 변호사의 방을 향해 힐긋 시선을 던졌다.

"늦잠을 잤어요. 그런데 정말 괜찮은 사람을 만났어요."

"여잔가요?"

"예. 아주 예쁘고 무척 친절하고 약간 방심한 듯한 얼굴이었어요……. 태도는 그러니까…… 뭔가 알 수 없는 것으로 고통을 받고 있는 것 같달까……."

"기요 건(件)의 자료를 살펴보는 게 좋을 거예요."

"당연히 그래야죠."

"그 여잔 결혼했나요?"

시몽은 갑자기 몽상에서 빠져나왔다.

"글쎄요……. 하지만 결혼했다면 잘못된 결혼일 거예요. 그녀는 돈 문제로 어려움을 겪고 있다면서 그게 해결되었다고 무척 좋아했거든요. 저는 돈 때문에 기분이 좋아지는 여자들이 좋아요."

알리스가 어깨를 으쓱해 보였다.

"그렇다면 당신은 모든 여자를 다 좋아하겠군요."

"거의 그렇죠. 다만 너무 어린 여자들은 싫어요." 시몽이 말했다. 그는 서류 속으로 고개를 파묻었다. 문이 열리더니 플뢰리 변호사가 고개를 내밀었다.

"반 덴 베시……. 나 좀 잠깐 보세."

시몽은 비서와 시선을 교환했다. 그는 자리에서 일어나, 그 완벽함 때문에 그가 몹시 싫어하는 영국식 사무실로 들어갔다.

"지금이 몇 시인 줄 아나?"

플뢰리 변호사는 정확성과 일의 중요성에 관한 이야기로 시작해서, 자신과 반 덴 베시 부인의 인내심에 찬사를 보내는 것으로 연설을 끝냈다. 시몽은 창밖을 바라보고 있었다. 그에게는 아주 오래전부터 이런 일이 되풀이되는 것처럼 여겨졌다. 자신이 그 영국식 사무실에서 줄곧 그런 일을 겪고, 줄곧 그런 말을 들어 온 것 같았다. 무엇인가가 자신을 점점 압박해 들어와 숨 막히게 하고 죽음으로 이끄는 것 같았다. 그는 문득 생각에 빠져 들었다. '내가 한 일은 무엇인가? 이십오 년 동안 이 선생에게서 저 선생에게로 옮겨 다니며 줄곧 칭찬이나 꾸중을 받은 것 말고, 내가 도대체 무엇을 했단 말인가?' 그가 이렇게 강하게 이런 문제를 스스로에게 제기한 것은 처음이었다. 그는 기계적으로 목소리를 높였다.

"전 도대체 뭘 했던 걸까요?"

"뭐라고? 자네는 아무것도 하지 않았잖아, 멍청한 친구 같으니라고. 그게 바로 비극일세. 자네는 아무것도 안 하고 있단 말이네."

"저는 아무도 사랑해 본 적이 없는 것 같습니다." 시몽이 말을 계속했다.

"내가 자네에게 원하는 건 나나 나이 든 알리스를 사랑하는 게 아니란 말일세." 플뢰리 변호사의 울화가 폭발했다.

"내가 자네에게 원하는 건 일을 하는 걸세. 내 인내력에도 한계가 있네."

"모든 것에는 한계가 있지요." 시몽이 생각에 잠긴 채 말했다.

시몽은 꿈을 꾸고 있는 듯, 완전히 머리가 빈 듯한 느낌이 들었다. 열흘 동안 자지도 못하고 먹지도 못해서 갈증으로 죽을 것 같은 느낌이었다.

"자네 지금 나를 놀리는 건가?"

"아닙니다. 죄송합니다. 조심하겠습니다." 시몽이 말했다.

시몽은 뒷걸음질로 방을 나와서 자기 자리에 앉아 두 손에 얼굴을 파묻었다. 그런 그를 알리스가 놀란 눈길로 바라보았다.

'내가 가진 건 무엇인가? 도대체 내가 무엇을 가지고 있단 말인가?' 하고 그는 자문했다. 그는 영국에서 보낸 어린 시절, 대학 시절, 그때의 열정을 떠올리려 해 보았다. 그랬다, 열다섯 살 때 어머니의 여자 친구에게 가졌던 열정은 일주일 만에 그에게 세상 물정을 알게 해 주지 않았던가. 편안한 생활, 유쾌한 친구들과 여자들, 햇빛 비치는 탄탄대로……. 이 모든 것이 머릿속에서 빙빙 돌고 있었지만, 어느 것에서도 멈출 수가 없었다. 아마도 아무것도 없는 듯했다. 그것이 그의 스물다섯 해였다.

"너무 걱정 말아요. 수석 변호사님이 뒤끝이 없다는 건 당신도 잘 알잖아요." 알리스가 말했다.

시몽은 대답하지 않았다. 그는 압지 위에 뭔가를 끼적이고 있었다.

"여자 친구 생각을 해요. 아니면 기요 건 자료에 정신을 집중하든가." 알리스가 다시 말했다.

"제겐 여자 친구가 없어요." 시몽이 대답했다.

"그럼 오늘 아침에 만난 그 여자 생각을 해요. 그 여자 이름이 뭐죠?"

"모르겠어요."

사실이었다. 그는 그녀의 이름조차 알고 있지 못했다. 파리에 있는 그 누군가에 대해 그가 아는 바는 아무것도 없었지만, 그런 사람이 있다는 것만으로도 이미 멋진 일이었다. 전혀 예상치 못한 일이었다. 그 누군가에 대해 그는 며칠 동안 마음 가는 대로 상상할 수 있으리라.

* * *

로제는 거실 소파 위에 길게 누워 피로에 지친 모습으로 천천히 담배 연기를 내뿜었다. 그는 하역장에서 자기 회사의 트럭들이 돌아오는 것을 살펴보며 오전 나절을 보내느라 온몸이 땀에 흠뻑 젖고 말았다. 그런데 설상가상으로 점심시간에는 십만 프랑 이상의 손해가 나는 사고를 처리하기 위해 릴로 출발해야 하지 않았던가. 폴은 식탁을 치우고 있었다.

"그 테레사 일은 어떻게 됐지?" 로제가 물었다.

"무슨 테레사?"

"반 덴 베시 부인 말이야. 오늘 아침 그 여자 이름을 생각해 냈지. 왠진 모르지만."

"일은 잘됐어. 내가 전부 맡기로 했어. 그 이야기를 하지 않은 건 요즘 당신에게 골치 아픈 일이 너무 많은 것 같아서였어……." 폴이 말했다.

"당신이 그런 이야기를 하지 않는다는 사실이 나를 더 괴롭힌다고는 생각지 않아?"

"아니. 내 생각에는 그저……."

"내가 너무 이기적이라고 생각하지, 폴?"

로제는 소파에 앉은 채 몸을 바로 하고 푸른 눈으로 그녀를 응시했다. 그는 몹시 화가 난 것 같았다. 폴은 그를 진정시키고 그가 그야말로 남자 중의 남자라고(그것은 어떤 의미에서는 사실이었다.), 그가 그녀를 몹시 행복하게 해 주고 있다고 말해 주어야 하리라. 그녀는 그의 곁에 앉았다.

"당신은 이기주의자가 아냐. 당신은 일 때문에 바쁜 거잖아. 당신이 그렇게 말하는 건 너무나 당연해……."

"아니. 내 말은 당신에 대해 어떠냐는 거야. 내가 너무 이기적이라고 생각하지?"

그는 그날 하루 종일, 혼란스러운 눈빛의 그녀를 현관 앞에 놓아 둔 채 떠나온 그 전날 밤 이후 자신이 줄곧 그 생각을 하고 있었다는 사실을 깨닫고 신경이 쓰였다. 폴은 망설였다. 로제가 그녀에게 이런 질문을 한 것은 이번이 처음이었으므로, 아마도 지금이 그와 그런 이야기를 할 좋은 기회이리라. 하지만 지금 그녀는 기분이 좋았고 스스로에 대해서도 확신에 차 있었다. 그리고 그는 너무나 지쳐 보였다……. 그녀는 물러서기로 했다.

"아니야, 로제. 이따금 좀 외롭고, 늙은 것 같고, 당신 뜻을 따르기가 어렵다는 생각이 들 때가 있는 건 사실이야. 하지만 나는 행복해."

"당신 행복해?"

"그래."

로제는 길게 몸을 뻗었다. 그녀가 자기 입으로 "나는 행복해."라고 말했다. 그러자 하루 종일 그를 쫓아다니던 그 고통스러운 질문이 자취를 감추었다. 그가 바란 것은 그뿐이었다.

"알다시피 내게 닥친 이 모든 자질구레한 사건들은 그저…… 요컨대 당신은 그런 게 어떤 의미인지 알 거야."

"그래, 알아." 그녀가 대답했다.

그녀는 두 눈을 감고 있는 로제를 바라보았다. 그는 마치 어린아이 같았다. 그렇게 거대하고 그렇게 육중한 모습으로 소파에 누워서는 "당신 행복해?"라는 유치한 질문이나 던지다니. 그가 그녀에게 한 손을 뻗었다. 그녀는 그 손을 잡고 그의 곁에 앉았다. 그는 여전히 눈을 감고 있었다.

"폴, 폴…… 알겠지만 당신 없이 난, 폴……." 그가 말했다.

"알아."

그녀는 몸을 앞으로 기울여 그의 뺨에 입을 맞추었다. 그는 이미 잠이 들어 있었다. 무의식적으로 그는 폴의 손에서 자기 손을 빼서 자신의 가슴 위에 다시 얹었다. 폴은 책을 펼쳤다.

한 시간 후 그는 활기찬 모습으로 잠에서 깨어 시계를 보고는, 그 빌어먹을 트럭들에 대해 깡그리 잊기 위해 춤추고 술 마시러 갈 시간이라고 선언했다. 폴은 졸음이 왔지만 어떤 이유로도 로제의 욕구를 거스를 수는 없을 터였다.

로제는 생제르맹 대로 지하에 있는 새로운 곳으로 그녀를 데리고 갔다. 그곳의 실내는 작은 공원처럼 꾸며져 있었고, 어둑했으며, 스피커에서 남미 음악이 흘러나왔다.

"이제 난 매일 밤 놀러 나오는 게 힘에 부쳐." 자리에 앉으며 폴이 말했다. "내일은 백 살쯤 먹은 것 같은 느낌일거야. 오늘 아침에도 자리에서 일어나는데……."

그녀가 시몽을 기억해 낸 건 바로 그때였다. 그때까지 그녀는 그를 완전히 잊고 있었다. 그녀는 로제에게 몸을 돌렸다.

"오늘 아침에……."

하지만 그녀는 말을 멈추었다. 바로 그 시몽이 그녀 앞에서 있었던 것이다.

"안녕하십니까." 시몽이 인사했다.

"이쪽은 페르테 씨, 이쪽은 반 덴 베시 씨." 폴이 소개했다.

"당신을 찾아다녔어요. 그런데 이렇게 찾아냈군요. 이건 좋은 징조예요." 시몽이 말했다.

그러고는 상대의 말을 기다리지도 않고 등받이 없는 의자 위에 주저앉았다. 로제가 기분이 상한 듯 앉은 채 자세를 바로 했다.

"당신을 여기저기 찾아다녔어요. 그러다가 나중에는 당신을 만났던 게 꿈이 아니었을까 하고 자문했죠." 시몽이 다시 말했다.

그는 두 눈을 빛내며 어리둥절해하는 폴의 한쪽 팔 위에 손을 얹었다.

"자리를 잘못 찾은 것 같소만?" 로제가 말했다.

"결혼하셨나요?" 시몽이 폴에게 물었다. "그렇지 않다고 믿고 싶어요."

"이 친구 짜증 나는군." 로제가 큰 소리로 말했다. "내가 데려다줘야겠어."

시몽은 로제를 응시한 다음 이윽고 탁자에 팔꿈치를 괴고 두 손에 얼굴을 묻었다.

"옳으신 말씀입니다, 선생님. 죄송합니다. 제가 좀 많이 마신 것 같군요. 하지만 오늘 아침 저는 깨달았지요, 인생에서 해 놓은 게 아무것도 없다는 사실을요. 아무것도 말입니다."

"그렇다면 뭔가 기분 좋은 일을 하시오. 그리고 그만 가 주시오."

"그냥 둬." 폴이 부드럽게 말했다. "이 사람은 불행한 거야. 우리 모두 이따금 지나치게 마실 때가 있잖아. 이 사람이 바로 당신이 말한…… 그러니까 테레사의 아들이야."

"테레사 아들이라고?" 충격을 받은 듯 로제가 외쳤다. "이럴 수가."

로제가 몸을 앞으로 기울이자 시몽은 그의 팔 위에 고개를 내려놓았다.

"정신 차려요. 우리 함께 한잔합시다. 우리에게 당신의 불행을 털어놔 봐요. 내가 잔을 가져오겠소. 여긴 너무 오래 걸린다니까!"

폴은 사태가 재미있어지기 시작했다. 로제와 이 특이한 청년 사이에 벌어질 대화를 생각하니 벌써부터 유쾌해졌다. 시몽은 고개를 들고 로제가 탁자 사이를 어렵사리 빠져나가는 것을 바라보았다.

"저기, 한 사내가 있군요. 그렇잖습니까? 진짜 사내죠? 저는 건강한 생각을 지닌, 저런 원기 왕성한 부류의 사람들이 두렵답니다. 저는……."

"사람이란 그렇게 단순하지 않아요." 폴이 건조한 어조로 말했다.

"저 사람을 사랑하세요?"

"그건 당신이 상관할 바가 아니에요."

머리카락이 그의 눈을 가리고 있었고 촛불의 불빛에 그의 얼굴의 음영이 두드러져 보였다. 그의 모습은 너무도 멋졌다. 옆 탁자에서 여자 둘이 행복해하는 듯한 눈빛으로 그를 응시하고 있었다.

“죄송합니다. 이런, 우습군요. 오늘 아침부터 저는 사과만 하다가 볼일 다 보는군요. 저는 시원찮은 녀석인가 봅니다.” 시몽이 말했다.

잔 세 개를 갖고 돌아온 로제가 누구든 그 지경이 되는 때가 있노라고 중얼거렸다. 시몽은 자기 잔의 술을 길게 한 모금 마시고는 신중하게 침묵을 지키고 있었다. 그는 두 사람 곁에 앉은 채 꼼짝도 하지 않았다. 그는 그들이 춤추는 것을 바라보고 그들이 이야기하는 것을 들었다. 그가 아무런 반응을 보이지 않자, 그들은 점차 그의 존재를 잊었다. 다만 폴은 이따금 고개를 돌려, 얌전한 어린아이처럼 그녀 옆에 앉아 있는 그를 바라보고는, 터져 나오는 웃음을 참곤 했다.

그들이 돌아가기 위해 자리에서 일어서자 시몽은 순순히 몸을 일으켰지만 즉각 그 자리에 고꾸라지고 말았다. 그들은 그를 집까지 바래다주기로 결정했다. 로제의 자동차 속에서 시몽은 잠이 들었다. 폴의 어깨 위에서 그의 고개가 이쪽 저쪽으로 흔들렸다. 그의 머리카락은 비단처럼 부드러웠다. 그는 쌕쌕거리며 자고 있었다. 그의 머리가 차창에 부딪치는 것을 막기 위해 폴은 결국 그의 이마에 손을 얹어야 했다. 그러자 그의 머리의 무게가 그녀의 손에 완전히 실렸다. 클레베가에 도착하자 로제는 차에서 내려 차를 한 바퀴 돌아와 차 문을 열었다.

“조심해.” 폴이 작은 목소리로 속삭이듯 말했다.

로제는 그녀의 표정을 읽었지만 아무 말도 하지 않고 시몽을 차 밖으로 끌어냈다. 그날 밤 폴을 데려다준 다음 로제는 그녀의 집까지 올라왔다. 그가 잠이 들고 나서도 오랫동안 그녀를 품에 안고 있는 바람에 그녀는 제대로 잠을 잘 수 없었다.

4장

다음 날 정오, 폴이 쇼윈도 안에서 무릎을 꿇고 앉은 채, 석고 흉상에 모자를 씌우는 것이 그렇게 정신 나간 생각은 아니라고 디자이너를 설득하고 있을 때, 시몽이 찾아왔다. 사실 시몽은 오 분 전부터 가판대 뒤에 모습을 감추고 가슴을 두근거리며 그녀를 바라보았다. 가슴이 두근거리는 것이 그녀를 바라보고 있기 때문인지, 아니면 숨어 있기 때문인지 그는 더 이상 알 수 없었다. 그는 늘 숨는 것을 좋아했다. 그러면서 오른손에 권총을 쥐고 있는 것처럼, 혹은 습진에 뒤덮여 있기라도 한 것처럼 왼손을 다양한 형태로 비틀어 댔는데, 그 행동은 상점 안의 사람들을 겁에 질리게 만들었다. 그에게는 분명 정신분석이 필요했다. 적어도 그의 어머니의 주장은 그러했다.

쇼윈도 안에서 무릎을 꿇고 있는 폴을 바라보면서 시몽은 애초에 그녀를 만나지 않았다면, 그렇게 유리창 너머로 그녀를 바라보는 일이 없었다면 좋았을 것이라고 생각했다. 그랬다면 그는 아마 두 번째로 당하게 될 거절을 피할 수 있으리라. 어제 그는 무슨 말을 해야 했을까? 그는 어리석은 풋내기처럼 행동했다. 그는 엉망으로 취했고 아주 무례하게 자신의 마음을 표시하지 않았던가……. 가판대 뒤에서 몸을 웅크리고 있던 그는 몸을 돌려 그 자리를 떠나려다가 마지막으로 그녀에게 눈길을 던졌다. 문득 그는 길을 건너 그 여자에게서 모자를, 기다란 핀들이 꽂힌 그 끔찍한 모자를 잡아채는 동시에 일로부터 그녀를 끌어내고 싶은 충동을 느꼈다. 새벽부터 일어나 행인들의 시선을 받으며 쇼윈도 안에서 무릎을 꿇고 있어야 하는 그런 삶으로부터 그녀를 끌어내고 싶었다. 행인들이 걸음을 멈추고 호기심 어린 시선으로 그녀를 바라보았다. 당연히 그들 중 몇몇은, 무릎을 꿇고 석고 흉상을 향해 두 손을 올리고 있는 그녀에게 욕망을 느끼리라. 그는 그녀에 대한 간절한 욕망을 느끼며 길을 건넜다.

그는 사람들의 눈길에 이미 질리고 지쳤을 그녀가 좋은 기분 전환거리라도 만난 것처럼 자신을 맞아 주리라고 상상했다. 하지만 그녀는 그에게 건조한 미소를 살짝 지어 보였을 뿐이었다.

"누군가를 위해 모자라도 사러 오셨나요?"

그가 우물쭈물하자 디자이너가 애교 섞인 어조로 그의 편을 들었다.

"선생님, 폴을 기다리고 계시는군요. 좋은 일이에요. 하지만 저기 앉아서 우리가 이 일을 끝내도록 해 주세요."

"저분은 날 기다리는 게 아니에요." 폴이 촛대를 옮기며 말했다.

"저라면 그걸 왼쪽에 놓겠어요. 조금 뒤에요. 그 편이 더 도발적으로 보일 겁니다." 시몽이 말했다.

폴은 한순간 화가 난 눈길로 그를 바라보았다. 그는 그런 그녀에게 미소를 지어 보였다. 그는 이미 역할을 바꾼 뒤였다. 그는 멋진 장소로 정부(情婦)를 만나러 온 청년의 역할, 감각 있는 청년의 역할을 수행 중이었다. 그리고 동성애자임에 분명한(그로서는 감지하지 못했지만) 디자이너의 감탄을 두고 조만간 폴과 자신은 농담을 하게 될 터였다.

"저분 말이 맞아요. 그 편이 훨씬 더 도발적이에요." 디자이너가 말했다.

"무엇을 도발한다는 거죠?" 폴이 냉정하게 반문했다.

두 사람이 그녀를 바라보았다.

"아무것도. 아무것도 아니에요."

그런 다음 시몽은 혼자 웃기 시작했다. 어찌나 유쾌한 웃음이었던지 폴은 그 웃음에 말려들지 않으려 고개를 돌렸다. 기분이 상한 디자이너가 한쪽으로 비켜섰다. 효과를 더 잘 보기 위해 쇼윈도에서 한 걸음 물러서던 폴은 마침 그녀 쪽으로 다가오던 시몽과 어깨를 부딪쳤다. 시몽은 길에 서서 그녀의 팔꿈치를 잡았다.

"보세요. 해가 났어요." 그가 꿈꾸는 듯한 어조로 말했다.

물방울이 맺힌 쇼윈도를 통해, 가을의 회한으로 가득 찬

햇살이 돌연한 열기를 품은 채 쏟아져 들어오고 있었다. 폴의 몸은 햇살 속에 잠겨 있었다.

"그렇군요. 해가 났군요." 그녀가 말했다.

두 사람은 한동안 움직이지 않았다. 그녀는 조금 높은 보도 위에서 그에게 등을 돌리는 동시에 기대는 자세를 취하고 있었다. 다음 순간 그녀가 몸을 뗐다.

"당신은 이제 가서 잠을 자야 할 것 같군요."

"저는 배가 고픈걸요." 그가 말했다.

"그렇다면 가서 점심을 드세요."

"저와 함께 가지 않으시겠어요?"

그녀는 망설였다. 로제는 십중팔구 일이 생길 것 같다고 전화로 말했다. 그녀는 혼자 맞은편 바에서 샌드위치를 하나 먹고 몇 가지 물건을 살 생각이었다. 하지만 갑작스러운 이 햇살의 호소에 카페의 타일 바닥이나 대형 상점의 복도가 따분하게 느껴졌다. 가을이 깊어 이미 누레지긴 했겠지만 그녀는 풀밭을 보고 싶었다.

"저는 풀밭을 보고 싶어요." 그녀가 말했다.

"갑시다. 제 낡은 차를 가져왔어요. 교외는 멀지 않아요……." 그가 말했다.

그녀는 방어 태세를 취했다. 잘 알지도 못하는 이 풋내기 청년과 교외에 가는 건 아마도 지루하리라……. 두 시간 동안 얼굴을 맞대고 있어야 하는데…….

"아니면 불로뉴 숲도 좋습니다." 그가 그녀를 안심시키려는 듯한 어조로 제안했다. "혹시 지루해지시면 전화로 택시를 부를 수도 있으니까요.”

“온갖 가능성을 다 생각해 두었군요.”

“오늘 아침 잠에서 깨었을 때 정말 부끄러웠습니다. 사과드리러 왔어요.”

“그런 종류의 일은 누구한테나 일어나지요.” 폴이 부드럽게 말했다.

그녀는 외투를 걸쳤다. 그녀는 옷을 무척 잘 입는 편이었다. 시몽이 차 문을 열어 주자, 그녀는 이 뜻밖의 점심 초대에 자신이 언제 “좋다.”라고 대답했을까 궁금해하며 차에 올랐다. 차 안으로 들어가면서 스타킹이 걸리자 그녀는 조그맣게 짜증 섞인 소리를 냈다.

“당신 여자 친구들은 모두 바지만 입나 보군요.”

“저는 그런 사람 없는데요.” 그가 말했다.

“여자 친구가 없다고요?”

“그렇습니다.”

“어쩌다 그렇게 됐죠?”

“모르겠어요.”

그녀는 그를 놀려 주고 싶은 기분이 들었다. 소심함과 대담함, 때로는 우스꽝스럽게까지 느껴지는 진지함과 즉흥성의 결합이 유쾌하게 느껴졌다. 저렇게 신비로운 태도와 나직한 어조로 “모르겠어요.”라고 하다니. 그녀는 고개를 내저었다.

“한번 생각해 보세요……. 모든 것에 대해 그렇게 전반적으로 무관심해진 게 언제부터인 것 같아요?”

“그건 오히려 제 본질에 가까울 겁니다. 친절하지만 지나치게 낭만적인 여자 친구를 한때 사귄 적이 있습니다. 그녀는 마흔 살 먹은 남자가 떠올리는 청춘의 이미지에 부합하는 여자였습니다."

그녀는 마음속으로 충격을 받았다.

"마흔 살이 떠올리는 청춘의 이미지란 어떤 거죠?"

"그러니까…… 그녀는 음산했고, 이를 악문 채 전속력으로 차를 몰았고, 잠에서 깨자마자 독한 골루아즈 담배를 피워 댔죠……. 그리고 사랑이란 두 피부의 접촉일 뿐이라고 제게 말하곤 했답니다."

폴이 웃기 시작했다.

"그래서 어떻게 됐나요?"

"그래도 제가 떠나자 울더군요. 저는 그 사실이 자랑스럽기는커녕 겁이 났습니다." 그가 덧붙였다.

숲에서는 젖은 풀 냄새, 축축한 나무 냄새가 났다. 시몽은 작은 식당 앞에 차를 세우고 서둘러 차를 돌아 문을 열어 주었다. 폴은 근육을 긴장시키며 우아하게 차에서 내렸다. 그녀는 할 일을 빼먹고 놀러 나온 듯한 느낌이 들었다.

자리에 앉자마자 시몽은 칵테일 한잔을 주문했고, 폴은 엄한 눈길로 그를 바라보았다.

"어젯밤을 생각하면 당신은 물을 마셔야 해요."

"제 몸 상태는 아주 좋습니다. 그리고 제겐 용기가 필요하기도 하고요. 당신을 너무 지루하게 하지 않도록 저 자신을 추스르고 기운을 내야 한답니다."

식당은 거의 비어 있었고, 종업원은 성격이 까다로운 친구였다. 시몽은 입을 다물고 주문 때까지 침묵을 지켰다. 하지만 폴은 지루하게 여겨지지 않았다. 그녀는 이 침묵이 의도적인 것이고, 그가 이 점심 식사 때 할 이야기를 생각해 두었다는 것을 느낄 수 있었다. 그는 고양이처럼 언제나 은밀한 생각들로 가득 차 있는 그런 사람 같았다.

"그 편이 훨씬 더 도발적이에요." 갑자기 그가 조금 전 만난 디자이너 흉내를 내며 애교 있게 말했다. 폴은 깜짝 놀라 웃음을 터뜨렸다.

"늘 그렇게 사람들 흉내를 잘 내나요?"

"그리 서툰 편은 아닙니다. 그런데 불행히 우리 둘이 함께 알고 있는 사람들이 많지가 않군요. 제가 어머니 흉내를 내면 당신은 저를 버릇없다고 하시겠죠. 그렇지만 해 보겠어요. '저기, 오른쪽 위에 새틴을 사용하면 분위기 있고 따스한 효과가 나지 않을까요?'"

"당신은 버릇이 없어요. 하지만 정말 똑같군요."

"어제 만난 당신 친구는 아직 충분히 관찰하지 못했어요. 게다가 그는 어쩌면 흉내 내기 불가능한 사람일지도 몰라요."

잠시 침묵이 흘렀다. 폴이 빙그레 웃었다.

"그럴 거예요."

"그리고 저는 부모 덕에 자유로운 직업을 갖고 소일거리나 찾아다니는 그런 응석받이 풋내기일 뿐이죠. 당신은 손해 보는 거래를 하신 거예요. 이 점심 식사 말입니다."

시몽의 목소리에 담긴 공격적인 어조에 폴은 정신이 들었다.

"로제가 다른 일로 바쁘대요. 그렇지 않았다면 여기 오지도 않았을 거예요." 그녀가 말했다.

"저도 잘 압니다." 그는 서글픈 어조로 말했고, 그녀는 그 어조에 마음이 불편해졌다.

나머지 시간 동안 그들은 서로의 일에 대해 이야기했다. 시몽은 어떤 치정 사건의 재판 과정 전체를 흉내 냈다. 그는 한참 변론을 흉내 내다가 어느 순간 몸을 일으키더니, 배꼽이 빠져라 웃고 있는 폴을 손가락으로 가리켰다.

"그리고 당신, 저는 당신을 인간으로서의 의무를 다하지 않았다는 이유로 고발합니다. 사랑을 스쳐 지나가게 한 죄, 행복해야 할 의무를 소홀히 한 죄, 핑계와 편법과 체념으로 살아온 죄로 당신이 죽어 마땅하다고 생각합니다. 당신에게는 사형을 선고해야 마땅하지만, 그 대신 고독 형을 선고합니다."

그는 말을 멈추고는 포도주를 한 모금 길게 마셨다. 폴은 반박하지 않았다.

"무시무시한 선고로군요." 그녀가 웃으며 말했다.

"가장 지독한 형벌이죠. 저로서는 그보다 더 나쁜 것, 그보다 더 피해야 할 것을 달리 모르겠습니다. 제겐 그보다 더 두려운 게 없습니다. 다른 사람들도 그럴 겁니다. 하지만 그 사실을 입 밖에 내어 말하는 사람은 없습니다. 저는 때때로 고함을 지르고 싶은 충동을 느낍니다. 나는 두려워, 나는 겁이 나, 나를 사랑해 줘 하고 말입니다."

"저 역시 그래요." 그녀는 의지와는 달리 속내를 털어놓았다.

순간 그녀는 자기 방의 침대 맞은편 벽면을 떠올렸다. 커튼이 쳐져 있고 유행 지난 탁자가 놓여 있고 왼쪽에 작은 옷장이 있는 그 벽을 그녀는 매일 아침저녁으로 바라보았고, 앞으로 십 년은 더 바라보리라. 지금보다 훨씬 더 외로운 상태로. 로제, 로제는 뭘 하고 있단 말인가? 그에겐 그럴 권리가 없었다. 아무도 그녀에게 그런 식으로 늙어 가라는 선고를 내릴 권리가 없었다. 아무도, 그녀 자신조차도…….

"지금 당신에게 제 모습은 엊저녁보다 더 우스꽝스럽고 더 딱하게 보일 겁니다." 시몽이 차분하게 말했다. "아니면 이게 당신을 감동시키기 위한 한 청년의 연극이라고 생각하시나요?"

그는 연한 빛깔의 눈동자에 가벼운 혼란을 담고 그녀 앞에 앉아 있었다. 그의 얼굴이 너무나 매끈한 데다 표정도 너무나 간절해서 그녀는 하마터면 그 얼굴에 손을 갖다 댈 뻔했다.

"아니에요, 아니에요. 저는 그저…… 그저 그런 생각을 하기에는 당신이 너무 젊지 않나 생각했어요. 지나친 사랑을 받은 게 분명하다고요."

"사람은 혼자가 아니라 둘이 같이 있어야 합니다. 자, 나가서 좀 걸을까요. 지금 날씨가 무척 좋네요." 그가 말했다.

그들은 함께 밖으로 나갔다. 그가 그녀의 팔을 잡았다. 그들은 잠시 말없이 걸었다. 가을이 아주 부드럽게 폴의 가슴에 차올랐다. 젖은 다갈색 나뭇잎들이 서로 뒤엉킨 채 천천히 흙으로 돌아가고 있었다. 그녀는 자기 팔을 잡고 있는 이 말 없는 청년에게 애정 같은 것을 느꼈다. 이 낯선 청년이, 일시적이지만 그녀의 동반자가 되어, 한 해의 끝 무렵에 황량한 길을 함께 걷고 있었다. 산책의 동반자든 인생의 동반자든, 자신과 함께하는 사람들에게 그녀는 언제나 애정을 느꼈다. 그들, 무척 다른 동시에 아주 가까운 그들이 그녀 자신보다 더 훌륭하다는 데에 대한 감사 같은 것이었다. 생활이 윤택해지자마자 헤어졌던 전남편 마르크의 얼굴과 그녀를 몹시 사랑했던 또 다른 남자의 얼굴이 떠올랐다. 그리고 마지막으로 로제의 얼굴이 떠올랐다. 머릿속에 떠올리는 것만으로도 그녀에게 생기를 주고 표정을 바뀌게 하는 유일한 얼굴이었다. 한 여자의 삶에 세 동반자들이 있었다는 것, 그것도 모두 좋은 동반자들이었다는 것만으로도 이미 대단하지 않은가?

"우울하세요?" 시몽이 물었다.

그녀는 그 쪽으로 고개를 돌리고 아무 대답도 하지 않은 채 미소를 지었다. 그들은 계속 걸었다.

"저는, 저는 말입니다……." 시몽이 짓눌린 듯한 음성으로 말을 시작했다. "저는 당신을 잘 모릅니다. 하지만 당신이 행복하다고 생각하고 싶습니다. 저는, 그러니까 저는, 당신에게 경탄하지 않을 수 없습니다."

폴은 더 이상 그의 말을 듣고 있지 않았다. 날이 저물었다. 그녀와 차를 한잔 하기 위해 로제가 전화를 했을지도 몰랐다. 그랬다면 그녀는 그 전화를 놓친 셈이었다. 로제는 토요일에 출발해 시골에서 주말을 보내자고 했었다. 그녀가 그 전까지 일을 다 끝낼 수 있을까? 로제가 아직도 그러고 싶어 할까? 혹시 그 말이, 그녀 없는 삶을 생각할 수 없는 순간, 그들의 사랑이 더 이상 벗어날 수 없을 만큼 중요하고 명백하게 여겨지는 순간, 사랑이, 그리고 밤이 그에게서 끌어낸 충동적인 약속에 불과한 것은 아닐까? 로제가 그녀의 집을 나서는 순간, 보도 위에서 그 자신이 어디에도 매이지 않은 존재라는 강한 자유의 냄새를 맡는 순간, 그녀는 또다시 그를 잃고 말리라. 돌아오는 차 안에서 그녀는 거의 입을 열지 않았다. 점심 식사에 초대해 주어서 고맙고 언젠가 전화를 걸어 주면 기쁘겠노라고 했을 뿐이었다. 시몽은 꼼짝도 하지 않은 채 그녀가 가는 것을 지켜보았다. 그는 자신이 몹시 지치고 서투른 사람처럼 여겨졌다.

5장

이번 일은 정말이지 기분 좋은 깜짝쇼였다. 로제는 나이트 테이블 쪽으로 몸을 돌려 담배를 찾았다. 그의 옆에 있던 젊은 여자가 조그맣게 웃음을 터뜨렸다.

"남자들은 그 일이 끝나면 늘 담배를 피우네."

그것은 그리 독창적인 고찰이라고는 할 수 없었다! 로제가 여자에게 담뱃갑을 내밀었지만 여자는 고개를 저었다.

"메지. 한 가지 질문을 해도 될까? 오늘 밤 무슨 생각으로 이런 거지? 우리가 알게 된 지는 두 달밖에 안 되었고 당신은 그 셰렐이라는 사람과 아직 헤어지지 않았잖아……."

"셰렐 씨는 내 직업상 필요한 사람인걸. 난 좀 즐기고 싶었어. 이해하지?"

로제는 이 여자가 함께 자고 나면 자동적으로 반말을 쓰는 그런 부류라는 것을 알 수 있었다. 그는 웃기 시작했다.

"어째서 하필 나지? 그 칵테일파티에는 아주 멋지고 젊은 애들도 있었잖아?"

"젊은 애들은 계속 이야기만 해 대는걸. 그런데 당신은 적어도 이걸 좋아하는 것 같았어. 장담하는데, 그런 사람은 점점 더 찾기가 어렵거든. 여자들은 그걸 느낄 수 있다고. 당신이 여자를 정복하는 데 서투르다고 말할 생각 마……."

"너무 앞서가지 마." 그가 웃으며 말했다.

그녀는 무척 예뻤다. 그녀의 좁은 머릿속은 삶에 대한, 남자들과 여자들에 대한 온갖 시시한 생각들로 가득 차 있으리라. 그가 좀 더 졸랐다면 여자는 그에게 세상이란 이러이러한 것이라고 설명해 주었으리라. 그리고 그는 그런 점에 흡족함을 느꼈으리라. 언제나처럼 그는, 그 자신이 그토록 접촉하고 싶어 하는 너무도 이질적인 이런 아름다운 육체가 불명료하고 편협한 작은 두뇌의 지시를 받으며 삶 한가운데를, 거리 한가운데를 활보하고 있다는 사실을 떠올리며 두려움과 측은함과 거리감을 느꼈다. 그는 여자의 머리카락을 쓰다듬었다.

"당신은 분명 부드러운 사람일 거야. 당신처럼 덩치가 크고 거칠어 보이는 사람은 속내가 부드러운 법이거든." 여자가 말했다.

"그렇고말고." 그가 방심한 채 대답했다.

"난 당신과 헤어지고 싶지 않아." 여자가 곧바로 말을 이었다. "셰렐 그 사람이 얼마나 지루한지 당신이 안다면……."

"나는 그 사람에 대해 아무것도 몰라."

"우리 이틀 일정으로 떠나면 어떨까, 로제? 토요일과 일요일에 말이야. 싫어? 시골에 가서 커다란 방을 잡고 꼼짝 않고 방 안에만 있는 거야."

그는 여자를 바라보았다. 여자는 턱을 괴고 있었다. 그는 여자의 목에서 핏줄이 팔딱이는 것을 보았다. 여자는 그 유명한 칵테일파티가 진행되는 동안 그를 응시하던 바로 그 눈길로 그를 바라보고 있었다. 그는 미소를 지었다.

"좋다고 해. 지금 당장. 당신도 좋다고……."

"지금 당장." 하고 여자의 말을 따라 하면서 그는 그녀를 끌어당겼다.

여자는 킬킬거리며 그의 어깨를 깨물었다. 사랑조차도 어리석게 이루어질 수 있군 하고 그는 막연하게 생각했다.

* * *

"그것참 유감이네. 어쨌든 일 잘해. 속도 너무 내지 말고. 사랑해." 폴이 말했다.

그녀는 전화를 끊었다. 이제 그녀에게 주말은 없었다. 로제가 이번 토요일에 현지 동업자와 일을 하기 위해 릴에 가야 한다고 알려 온 참이었다. 아마 그 말은 사실이리라. 그녀는 늘 그의 말을 사실로 치부했다. 대개는 두 사람이 함께 가곤 했던 여관과, 여기저기에 피워져 있던 난로와, 좀약 냄새가 살짝 풍기는 방이 갑자기 머릿속에 떠올랐다. 그녀는 이번 이틀 동안 할 수 있었을 일들을 상상해 보았다. 로제와의 산책,

로제와의 대화, 저녁, 그리고 통째로 놓여 있는 시간, 해변처럼 매끄럽고 따뜻한 온종일과 더불어 서로의 곁에서 잠을 깨는 일을. 그녀는 전화기를 향해 몸을 돌렸다. 친구와 점심을 먹을 수도 있고 저녁에 누군가의 집으로 브리지 게임을 하러 갈 수도 있었다……. 하지만 그녀는 아무것도 하고 싶지 않았다. 동시에 이틀 동안 혼자 있어야 한다는 것이 두려웠다. 그녀는 애인 없는 여자로서 보내야 하는 일요일이 몹시 싫었다. 가능한 한 늦은 시각까지 침대에서 책을 읽고, 사람들로 붐비는 영화관에 가고, 아마도 누군가와 함께 칵테일파티에 참석하거나 저녁 식사를 하고 나서 마침내 집으로 돌아와 그 흐트러진 침대를, 아침 이후 정지해 있었던 듯한 그 느낌을 맞닥뜨려야 했다. 로제는 내일 전화하겠다고 했다. 그의 목소리는 부드러웠다. 그녀는 그의 전화를 기다렸다가 그를 만나러 나가리라. 어쨌든 그녀에겐 해야 할 일, 어머니가 늘 권해 온 전형적인 할 일이 있었다. 여자로서의 삶에 수반되는 그런 수많은 자질구레한 일들이 그녀는 막연히 혐오스럽게 여겨졌다. 시간이란 마치 길들여야 할 한 마리 나태한 짐승 같지 않은가. 하지만 그녀는 자신이 그런 일에 취미가 없다는 것이 거의 안타깝게 여겨질 지경이었다. 실제로 자신의 삶을 공격하는 일을 멈추고, 경솔하긴 하지만 오래 사귄 친구라도 되는 듯이 방어해야 하는 때가 있는지도 몰랐다. 벌써 그런 시기에 이른 것일까? 그러자 그녀는 뒤에서 커다란 한숨 소리가, "벌써." 하고 한목소리로 크게 외치는 것이 들려오는 듯했다.

토요일 2시, 그녀는 반 덴 베시 부인에게 전화를 걸기로 마음먹었다. 만약, 다행히 부인이 도빌에 가 있지 않다면 오후에 함께 일을 할 수 있을 것이다. 그녀의 마음이 끌리는 일은 그것뿐이었다. '마치 가족들을 피해 일요일에 사무실에 나가는 남자 같군.' 하고 그녀는 생각했다. 반 덴 베시 부인은 가벼운 복통 증세가 있고 몹시 따분한 것 같았다. 부인은 그녀의 제안을 두 손 들어 환영했다. 폴은 각종 견본을 챙겨 클레베가로 갔다. 반 덴 베시 부인은 뾰루지 몇 개가 돋은 얼굴로 실내복을 걸친 채 손에 에비앙 생수 한 잔을 들고 있었다. 문득 폴은, 저렇게 평범한 얼굴을 지닌 그녀에게서 그렇게 잘생긴 아들이 태어난 걸 보면 시몽의 아버지가 무척이나 잘생긴 사람이었던 모양이라고 생각했다.

"아드님은 어떻게 지내나요? 아시겠지만 저번 날 밤에 아드님을 만났답니다."

폴은 바로 전날 시몽과 점심 식사를 했다는 말은 덧붙이지 않았고, 그런 자신에게 스스로도 놀랐다. 부인은 즉각 순교자라도 되는 듯한 표정을 지었다.

"내가 어떻게 알겠어요? 그 애는 내게 통 이야기를 하지 않는답니다. 아무 이야기도 하지 않아요. 물론 돈 문제는 빼고요! 게다가 그 애는 술까지 마신답니다. 전에 그 애 아버지도 술을 좀 마셨죠."

"아드님이 알코올에 크게 의존하는 것 같지는 않던데요." 폴이 미소를 지어 보였다. 그녀는 시몽의 매끄러운 얼굴과 건강 상태가 좋은 영국인 같은 안색을 떠올렸다.

"아드님은 미남이에요, 안 그래요?"

반 덴 베시 부인은 생기를 띠며 앨범 몇 개를 꺼냈다. 앨범에는 시몽의 아기 때 사진과 두 뺨을 덮는 영국식 모자를 쓰고 조랑말을 타고 있는 사진, 중학교 교복 차림에 약간 얼떨떨해 보이는 사진들이 들어 있었다. 시몽의 모습을 담은 사진들이 너무도 많았다. 그가 괴팍한 사람이나 샌님이 되지 않은 것이 놀랍군 하고 폴은 속으로 생각했다.

"하지만 아이가 부모에게서 멀어질 때가 있는 법이죠." 부인이 어머니로서 서글픈 듯 한숨을 내쉬었다. 다음 순간 부인은 약간 경박한 원래의 모습을 되찾았다.

"그리고 아이들은 그런 기회를 그냥 지나치는 법이 없다는 말씀을 드려야겠네요……."

"당연히 그렇겠죠." 폴이 예의 바르게 대답했다. "이 천을 좀 봐 주시겠어요, 부인? 이런 것도 있고……."

"그냥 테레사라고 불러요."

부인은 폴에게 상냥해져서는, 차를 대접하고 질문을 퍼부어 댔다. 폴은 로제가 이십 년 전 부인과 잠자리를 같이했다는 사실을 떠올리며, 그 둔한 얼굴에서 어떤 매력의 흔적이라도 찾아보려 애썼으나 허사였다. 그러면서 폴은 부인과의 대화를 일에 관한 것으로 국한하려 필사적으로 노력했지만 테레사는 막무가내로 주제에서 벗어나 여자들끼리의 속내 이야기로 돌아가곤 했다. 늘 그랬다. 폴의 얼굴에는 안정되고 자족적인 무언가가 있었고, 그것이 상대에게서 요란한 수다를 끌어내곤 했다.

"당신은 아마 나보다 나이가 어리겠지만 알 거예요."라며 반 덴 베시 부인은 말을 시작했다. 폴은 '아마'라는 표현에 웃음을 억누를 수가 없었다. "환경이 얼마만큼 사람에게 영향을 끼치는지……."

폴의 귀에는 더 이상 부인의 이야기가 들리지 않았다. 그 여자로 인해 떠오른 사람이 있었던 것이다. 폴은 지금 부인의 모습이 전날 시몽이 흉내 내던 것과 꼭 닮아 있다는 것을 깨달았다. 수줍은 성격 때문에 가려져 있긴 하지만 시몽에겐 어떤 직관력이나 냉철함이 있는 것이 분명했다. 그가 그녀에게는 뭐라고 했던가. "사랑을 스쳐 지나가게 한 죄, 핑계와 편법과 체념으로 살아온 죄로 당신을 고발합니다. 당신에게 고독형을 선고합니다."라고 하지 않았던가. 시몽은 실제로 그녀 자신을 염두에 두고 그런 말을 한 것일까? 그녀 자신의 삶에 대해 그가 무엇인가를 눈치챈 것일까? 그래서 의도적으로 그런 말을 한 것일까? 그런 생각이 들자 그녀는 화가 치밀었다.

그녀의 귀에는 옆에서 떠들어 대는 소리가 더 이상 들리지 않았다. 그런데 다음 순간 갑자기 다른 사람도 아닌 시몽이 들어오는 바람에 그녀는 깜짝 놀랐다. 시몽은 그녀를 보고 붙박인 듯 그 자리에 멈춰 서서는 기쁨을 감추기 위해 얼굴을 살짝 찡그렸다. 그 모습에 그녀는 마음이 움직였다.

"제가 때맞춰 왔군요. 두 분을 도와 드릴게요."

"이런! 저는 이만 가 봐야겠어요."

폴은 즉각 그곳에서 나와 도망가고 싶은 충동, 어머니와 아들 두 사람의 시선으로부터 벗어나 자기 집으로 가서 책 한 권을 들고 틀어박히고 싶은 충동을 느꼈다. 이 시간이면 그녀는 로제와 함께 길 위를 달리고 있어야 했다. 라디오의 스위치를 켰다 껐다 하며 그와 함께 웃음을 터뜨리거나, 때때로 그들을 죽음 직전까지 몰고 가는, 운전자 특유의 맹목적인 분노에 사로잡혀 액셀러레이터를 밟아 대는 로제 때문에 겁에 질려 있어야 했다. 그녀는 천천히 자리에서 일어났다.

"문까지 바래다드리죠." 시몽이 말했다.

문에 이르자 폴은 시몽에게 몸을 돌리고 그가 들어온 이래 처음으로 그를 바라보았다. 그의 안색이 좋지 않아서 그녀는 그에게 얼굴빛이 나쁘다는 말을 꺼내지 않을 수가 없었다.

"이 시간이면 그래요. 그런데 아래까지 당신을 배웅해도 될까요?" 그가 물었다.

그녀는 어깨를 으쓱해 보였다. 그들은 층계를 내려갔다. 시몽은 말 한마디 없이 그녀 뒤를 따라왔다. 맨 아래층에 이르자 그는 걸음을 멈추었다. 그의 발소리가 더 이상 들리지 않자 그녀는 반사적으로 몸을 돌렸다. 그는 난간에 몸을 기대고 있었다.

"다시 올라가실래요?"

층계의 불이 꺼졌다. 작은 창으로 들어오는 희미한 빛이 커다란 층계를 비추고 있었다. 그녀는 눈으로 전등 스위치를 찾았다.

"당신 뒤에 있어요." 시몽이 말했다.

그는 마지막 계단을 내려오더니 그녀를 향해 다가왔다. '그는 나를 덮칠 거야.' 하고 생각하며 폴은 불안을 느꼈다. 그는 그녀의 머리 왼쪽으로 한쪽 팔을 뻗어 전등을 켜고는 머리 오른쪽으로 다른 쪽 팔을 뻗었다. 그녀는 이제 그의 팔 안에 갇힌 셈이었다.

"날 그냥 보내 줘요." 그녀가 아주 차분하게 말했다.

그는 대답 없이 몸을 굽히고는 그녀의 어깨에 조심스럽게 고개를 묻었다. 그의 심장이 쿵쿵거리며 뛰는 소리가 들려오자 그녀는 갑자기 당혹감을 느꼈다.

"날 보내 줘요, 시몽……. 이러면 곤란해요."

하지만 그는 움직이지 않았다. 그저 아주 낮은 목소리로 "폴, 폴." 하고 그녀의 이름을 두어 차례 중얼거렸을 뿐이었다. 그의 목덜미 너머로 정적과 냉기에 싸인 서글픈 계단이 그녀의 눈에 들어왔다.

"장난꾸러기 시몽, 날 보내 줘요." 그녀가 줄곧 낮은 목소리로 말했다.

그가 길을 비켜 주자, 그녀는 잠시 그에게 미소를 지어 보이고는 걸음을 옮겼다.

6장

일요일, 자리에서 일어난 폴은 문 아래 편지가 와 있는 것을 발견했다. 그것은 과거에는 '푸른 쪽지'라고 시적으로 표현했던 속달 우편으로, 그녀는 실제로도 그 편지가 시적으로 여겨졌다. 그도 그럴 것이 맑은 11월의 하늘에 다시 나타난 태양이 그 순간 그녀의 방을 따뜻한 빛과 음영으로 채웠던 것이다. '오늘 6시에 플레옐 홀에서 아주 좋은 연주회가 있습니다. 브람스를 좋아하세요? 어제 일은 죄송했습니다.' 시몽에게서 온 편지였다. 폴은 미소를 지었다. 그녀가 웃은 것은 두 번째 구절 때문이었다. "브람스를 좋아하세요?"라는 그 구절이 그녀를 미소 짓게 했다. 그것은 열일곱 살 무렵 남자아이들에게서 받곤 했던 그런 종류의 질문이었다. 분명 그 후에도 그런 질문을 받았겠지만 대답 같은 걸 한 적은 없었다. 이런 상황, 삶의 이런 단계에서 누가 대답을 기대하겠는가? 그런데 그녀는 과연 브람스를 좋아하던가?

그녀는 전축을 열고 음반을 찾아보았다. 이미 외우고 있는 바그너의 서곡이 있는 음반의 이면에 한 번도 들어 본 적이 없는 브람스의 콘체르토가 있었다. 로제는 바그너를 좋아했다. 그는 이렇게 말하곤 했다. "이건 훌륭해. 좀 시끄럽지만 이런 게 음악이지." 그녀는 브람스의 콘체르토를 듣기 시작했다. 그녀는 첫 부분이 낭만적이라고 여겼지만 음악 중간에는 듣는 것을 잊어버리고 말았다. 음악이 끝나고 난 다음에야 그녀는 그 사실을 깨닫고 아쉽게 생각했다. 요즈음 그녀는 책 한 권을 읽는 데 엿새가 걸렸고, 어디까지 읽었는지 해당 페이지를 잊곤 했으며, 음악과는 아예 담을 쌓고 지냈다. 그녀의 집중력은 옷감의 견본이나 늘 부재중인 한 남자에게 향해 있을 뿐이었다. 그녀는 자아를 잃어버렸다. 자기 자신의 흔적을 잃어버렸고 결코 그것을 다시 찾을 수가 없었다. "브람스를 좋아하세요?" 그녀는 열린 창 앞에서 눈부신 햇빛을 받으며 잠시 서 있었다. 그러자 "브람스를 좋아하세요?"라는 그 짧은 질문이 그녀에게는 갑자기 거대한 망각 덩어리를, 다시 말해 그녀가 잊고 있던 모든 것, 의도적으로 피하고 있던 모든 질문을 환기시키는 것처럼 여겨졌다. "브람스를 좋아하세요?" 자기 자신 이외의 것, 자기 생활 너머의 것을 좋아할 여유를 그녀가 아직도 갖고 있기는 할까? 물론 그녀는 스탕달을 좋아한다고 말하곤 했고, 실제로 자신이 그를 좋아한다고 여겼다. 그것은 그저 하는 말이었고, 그녀는 그 사실을 알고 있었다. 마찬가지로 어쩌면 그녀는 로제를 진정으로 사랑하는 것이 아니라 사랑한다고 여기는 것뿐인지도 몰랐다. 아무튼 경험이란 좋은 것이다. 좋은 지표가 되어 준다. 스무 살 때 그랬던 것처럼 그녀는 누구에겐가 속내를 털어놓고 싶은 충동을 느꼈다.

그녀는 시몽에게 전화를 걸었다. 아직 뭐라고 대답할지 마음을 정하지 못한 상태였다. 아마도 "내가 브람스를 좋아하는지는 잘 모르겠어요. 그렇지 않은 것 같아요."라고 대답하리라. 자신이 그 연주회에 가려는 것인지 아닌지 그녀는 알 수 없었다. 그것은 전화를 받은 시몽의 말, 시몽의 목소리에 따라 달라지리라. 그녀는 망설이고 있었고 자신의 그런 망설임을 기분 좋게 음미했다. 하지만 시몽은 교외로 점심 식사를 하러 나가고 없었고 5시에 옷을 갈아입으러 들를 것이라는 대답이 돌아왔다. 그녀는 전화를 끊었다. 그러는 동안 그녀는 그 연주회에 가기로 마음먹었다. "내가 만나러 가는 것은 시몽이 아니라 음악이야. 오늘 오후에 가 봐서 분위기가 나쁘지 않다면 어쩌면 매주 일요일마다 갈지도 모르지. 그건 혼자 사는 여자에게 좋은 소일거리야." 그녀는 중얼거렸다. 그와 동시에, 그날이 일요일이어서 즉각 상점으로 달려가 자신이 좋아하는 모차르트와 브람스의 음반을 사는 것이 불가능하다는 사실을 깨닫고 애석해했다. 그녀는 연주회 동안 시몽이 자기 손을 잡으려 들지 않을까 걱정스러울 뿐이었다. 자신이 그것을 기대하고 있는 만큼 두렵기도 했다. 그런 기대가 사실로 확인되면 언제나 떨쳐 낼 수 없는 권태가 치밀어 올랐던 것이다. 그녀가 로제를 좋아하는 것은 이런 이유 때문이기도 했다. 로제는 모든 것이 너무나 확실해 보이는 상황에서도 언제나 그녀의 예상에서 조금 어긋나는 행동을 했던 것이다.

6시에 그녀는 플레옐 홀에 도착했다. 홀에는 사람들이 붐비고 있었다. 그녀는 하마터면 시몽을 찾지 못할 뻔했다. 시몽은 말없이 그녀에게 표를 내밀었고, 그들은 안내원을 따라 층계를 올라갔다. 플레옐 홀은 넓고 어두웠다. 오케스트라는 마치 청중들에게 잠시 후에 들려줄 기적적인 음악적 조화의 진가를 깨닫게 하려는 듯 유난히 심한 불협화음을 내고 있었다. 폴은 옆에 앉은 시몽에게 고개를 돌렸다.

"내가 브람스를 좋아하는지는 잘 모르겠어요."

"저는 당신이 오실지 안 오실지 확신할 수 없었답니다. 분명히 말씀드리지만, 당신이 브람스를 좋아하든 좋아하지 않든 제겐 큰 상관이 없어요." 시몽이 말했다.

"교외는 어땠나요?"

시몽은 깜짝 놀라는 듯한 시선으로 폴을 바라보았다.

"당신 집에 전화를 했었어요. 당신에게, 그러니까…… 초대에 응한다고 말하려고요."

"저는 당신이 전화해서 그 반대의 이야기를 하지 않을까, 혹은 전화조차 하지 않는 게 아닐까 해서 교외로 나간 거랍니다." 시몽이 대답했다.

"교외는 아름다웠나요? 어느 쪽으로 나갔죠?"

그녀는 저녁 빛에 잠긴 우당의 언덕을 떠올리며 서글픈 기쁨을 느꼈다. 그녀는 시몽이 우당 이야기를 해 주었으면 싶었다. 이 시각 계획대로라면 그녀는 로제와 함께 셉퇴유에 도착해 적갈색 나무 아래로 난 그 길을 걷고 있었으리라.

"그냥 여기저기 돌아다녔어요. 지명 같은 건 보지 않고요. 자, 시작하네요." 시몽이 대답했다.

사람들이 박수를 쳤다. 오케스트라의 지휘자가 인사를 하고 지휘봉을 들어 올리자, 두 사람은 2000명의 청중과 동시에 좌석에 몸을 묻었다. 시몽에겐 브람스의 콘체르토가 조금 비장하게, 때로는 지나치게 비장하게 여겨졌다. 그는 자신의 팔꿈치에 폴의 팔꿈치가 닿는 것을 느꼈다. 오케스트라의 연주가 고조되자 그의 마음도 더불어 뛰놀았다. 하지만 음악이 늘어지기 시작하자 그는 즉각 옆에 앉은 사람들의 기침 소리와 두 줄 앞에 앉은 남자의 두상의 형태, 그리고 무엇보다도 자기 마음속의 분노를 의식하지 않을 수 없었다. 교외에서, 그러니까 우당 근처의 여관에서 그는 어떤 여자와 함께 있는 로제를 만났던 것이다. 로제는 의자에서 몸을 바로 하고 시몽에게 인사를 했지만 그를 자기 옆의 여자에게 소개하지는 않았다.

"우리는 줄곧 만나는 것 같군요?"

깜짝 놀란 시몽은 아무 말도 하지 않았다. 로제의 시선이 위협적으로 빛나며 이 만남에 대해 함구할 것을 그에게 명령하고 있었다. 공모의 시선이 아닌 것은 다행이었다. 그것은 화가 난 시선이었다. 시몽은 아무 대답도 하지 않았다. 그는 로제가 두렵지 않았다. 그가 두려운 것은 폴이 고통스러워하지 않을까 하는 것이었다. 자기 입을 통해 그 여자에게 나쁜 소식이 전해지는 일 같은 건 결코 없으리라. 평생 처음으로 시몽은 어떤 사람과 그 사람이 처할 곤경 사이를 자신이 막아서고 싶은 욕구를 느꼈다. 사귀던 여자들에게 그토록 빨리 싫증을 내고 그들의 속내 이야기나 비밀, 그리고 어떻게 해서든 자신에게 보호자 역할을 맡기려는 그들의 시도에 겁을 내던 시몽. 줄행랑을 치는 데 그토록 익숙했던 시몽이 상황에 적절히 대처하고 기다리고 싶어 하다니. 하지만 무엇을 기다린단 말인가? 그 여자가 자신이 사랑하는 사람이 편협하기 짝이 없는 비겁한 녀석이라는 사실을 깨닫기를? 그것은 아마도 세상에서 가장 긴 기다림이 되리라……. 그녀는 슬퍼하면서 머릿속에서 로제의 태도를 거듭 생각해 보고 앞뒤가 맞지 않는 부분을 찾아내리라. 바이올린 한 대가 오케스트라의 소리를 누르고 솟아올라 찢어질 듯한 고음으로 필사적으로 떨더니 이윽고 저음으로 내려와서는 즉각 멜로디의 흐름 속으로 빠져들며 다른 소리들과 뒤섞였다. 시몽은 하마터면 고개를 돌려 폴을 안고 키스를 할 뻔했다. 그렇다, 그녀에게 키스를 하는 것이다……. 그는 상상했다. 그녀 위로 고개를 숙여 자신의 입술을 그녀의 입술에 갖다 대고, 그녀가 두 손으로 자신의 목덜미를 끌어안는 것을……. 그는 두 눈을 감았다. 폴은 그런 시몽의 표정을 보고 그가 정말로 '음악광'인 모양이라고 생각했다. 하지만 다음 순간 떨리는 손이 자신의 손을 더듬는 것을 느끼고 즉각 손을 빼냈다.

연주회가 끝난 후 시몽은 그녀를 데리고 칵테일을 마시러 갔다. 정확히 말해서 그녀는 오렌지 주스 한 잔을, 그는 드라이진 두 잔을 마셨다. 그녀는 반 덴 베시 부인의 우려가 타당한 것이 아닐까 하는 생각이 들었다. 시몽은 눈을 빛내고 손을 떨면서 그녀에게 음악에 관해 이야기했고, 그녀는 방심한 채 그 이야기를 들었다. 어쩌면 로제가 이미 릴을 출발해 저녁 식사 시간에 맞추어 돌아왔을 수도 있었다. 게다가 사람들이 자신과 시몽을 바라보고 있었다. 시몽이 지나치게 잘생겨서일까, 아니면 함께 어울리기에 그는 너무 젊고 그녀는 나이 들어 보여서일까?

"제 말 안 듣고 있죠?"

"듣고 있어요. 하지만 이제 가야겠어요. 집으로 전화가 올 거예요. 게다가 여기선 사람들이 너무 노골적으로 우리를 쳐다보는군요!" 그녀가 말했다.

"익숙해질 거예요." 시몽이 찬탄의 눈길로 그녀를 바라보며 말했다. 음악과 진 덕택에 그는 자신이 정말로 사랑에 빠졌다는 느낌이 들었다.

그녀는 웃기 시작했다. 때때로 시몽은 정말이지 '마음의 현(絃)'을 울리지 않는가.

"계산서 달라고 해요, 시몽."

그가 계산서를 달라는 말을 어찌나 마지못해 했는지 그녀는 그를 유심히 바라보지 않을 수 없었다. 말할 것도 없이, 그런 응시는 그날 오후 처음이었다. 혹시 이 청년이 자신을 슬며시 사랑하게 된 건 아닐까, 혹시 자신의 사소한 장난이 그에게 해가 되는 것은 아닐까? 그녀는 그가 단순히 여자의 환심을 사는 일에 열중해 있다고 여겼었다. 하지만 어쩌면 그는 그녀의 생각보다 훨씬 소박하고 지각 있고 진지한지도 몰랐다. 그의 외모가 그녀에게 매력을 발휘하지 않는다는 것은 기묘한 일이었다. 그녀가 보기에 그는 좀 지나치게 잘생긴 것 같았다. 사실 함께 어울리기에 그는 너무 근사해 보였던 것이다.

만약 실제로 그렇다면, 그녀가 그와 데이트한 것은 잘못이었다. 그녀는 그를 거절했어야 했다. 웨이터를 부른 다음, 그는 한마디 말도 하지 않은 채 두 손으로 잔을 돌렸다. 그는 갑자기 침묵에 빠져 있었다. 폴은 그의 손 위에 자신의 손을 얹었다.

"날 원망하지 말아요, 시몽. 내가 좀 바빠서 그래요. 로제가 날 기다릴 거예요."

레진 식당에서 처음 만났던 날 저녁, 시몽은 그녀에게 로제를 가리키며 "저 사람을 사랑하세요?"라고 물었다. 그녀는 뭐라고 대답했던가? 이제 생각나지 않았다. 어쨌든 시몽은 사실을 알아야 했다.

"아! 그래요…… 로제, 그 남자, 그 멋진 사내 말이죠."

그녀가 그의 말을 끊었다.

"난 그를 사랑해요." 그녀가 말했다. 그녀는 얼굴이 붉어지는 것을 느꼈다. 자신이 좀 연극적인 목소리로 말한 것 같은 느낌이 들었다.

"그럼 그 사람은요?"

"그 역시 그래요."

"잘 알겠어요. 금상첨화로군요."

"회의론자처럼 그러지 말아요." 그녀가 부드럽게 말했다. "당신 나이에 어울리지 않아요. 당신 나이에는 확신을 가져야 해요. 당신은……."

시몽이 그녀의 어깨를 붙잡고 그녀를 흔들어 댔다.

"절 놀리지 마세요. 그런 식으로 말하는 건 제발 그만……."

'이 사람이 성인 남자라는 사실을 내가 깜빡 잊고 있었나 봐.' 폴은 몸을 빼내려 애쓰며 생각했다. '지금 이 순간, 이 청년의 얼굴은 진짜 사내 같잖아. 모욕당한 사내 말이야. 이 청년은 열다섯 살이 아니라 스물다섯 살이야. 맞아!' 폴이 생각했다.

"난 당신을 놀리는 게 아니라 당신의 태도에 대해 말하고 있는 거예요. 당신의 행동은 마치……." 그녀가 부드럽게 말했다.

그가 그녀를 놓아주었다. 그는 지친 표정이었다.

"사실 저는 연기를 하고 있어요. 당신과 함께 있을 때, 저는 촉망받는 젊은 변호사이자 사랑에 빠진 연인이자 버릇 나쁜 아이 역할을 연기했지요. 하지만 당신을 안 이후 제가 연기한 그 모든 역할은 당신을 위해서였어요. 그게 사랑이라고 생각하지 않으시나요?"

"사랑에 대한 상당히 좋은 정의군요." 그녀가 웃으며 대답했다.

그들은 잠시 어색해져서 침묵했다.

"저는 열정적인 연인 역할을 하고 싶어요." 그가 말했다.

"아까도 말했지만 나는 로제를 사랑해요."

"그렇다면 저도 말할 수 있어요. 어머니를 사랑하고 늙은 유모를 사랑하고 제 차를 사랑하고……."

"그 두 가지가 무슨 관계가 있는 건지 모르겠군요." 그녀가 말허리를 잘랐다.

그녀는 그 자리를 뜨고 싶었다. 이 어리고 혈기 왕성한 청년이 자신의 이야기, 자신과 로제의 이야기를 어떻게 이해할 것인가. 기쁨과 회의와 온정과 고통으로 뒤범벅된 그 오 년을. 그 누구도 자신을 로제에게서 떼어 낼 수는 없으리라. 그녀는 그런 확신을 가질 수 있다는 데 대해 로제에게 감사와 사랑의 감정을 느끼며 탁자에 몸을 기댔다.

"당신은 로제를 사랑하지만 지금 혼자 있습니다. 당신은 일요일마다 혼자 있겠지요. 당신은 혼자 저녁 식사를 하고, 아마도…… 아마도 종종 혼자 잠들겠지요. 하지만 저라면 당신 곁에서 잠들 겁니다. 밤새도록 당신을 품에 안고, 당신이 자고 있는 동안 당신에게 입 맞출 겁니다. 저라면 그 이상으로도 사랑할 수 있어요. 그런데 그 사람은 더 이상 그렇지 않죠. 당신도 알겠지만……."

"당신에겐 그런 말을 할 권리가 없어요……."라고 말하며 그녀는 자리에서 일어섰다.

"제겐 그럴 권리가 있습니다. 제겐 당신을 사랑할 권리가 있고, 할 수만 있다면 그에게서 당신을 빼앗아 올 권리가 있습니다."

폴의 모습은 이미 밖으로 사라지고 없었다. 시몽은 자리에서 일어났다가 다시 주저앉아 두 손에 얼굴을 묻었다. '내겐 저 여자가 필요해. 그녀가 필요하다고……. 그녀를 갖지 못하면 고통으로 몸부림치게 될 거야.'

7장

무척 유쾌한 주말이었다. 이 메지(그녀가 교태를 부리며 고백하기를 자신의 진짜 이름은 마르셀인데, 스타라는 천직에 어울리지 않는 게 분명해 바꾸었다는 것이다.)라는 여자는 약속을 지켰다. 일단 침대에 들자 그녀는 그동안 로제가 만났던 여자들과는 달리 자리에서 일어날 생각을 하지 않았다. 그가 만난 여자들은 바에 갈 시간, 점심 식사나 저녁 식사 시간, 차 마실 시간이 정해져 있어서 그것을 구실 삼아 옷을 갈아입지 않았던가. 하지만 메지와 그는 이틀 동안 방 밖으로 나가지 않았다. 딱 한 번 밖으로 나갔는데, 바로 그때 테레사의 아들이라는, 그 지나치게 잘생긴 풋내기 청년과 마주쳤던 것이다. 물론 그 청년이 폴을 또 만날 가능성은 별로 없었지만 로제는 막연한 불안을 줄곧 떨칠 수 없었다. 릴에 간다는 이번 핑계는 좀 야비했다. 그는 다른 여자를 만나면서도, 심지어는 폴에게 거짓말을 하면서도 폴에게 상처를 안겨 줄 생각 같은 건 꿈에도 없었다. 하지만 그의 부정행위가 시간적으로나 공간적으로 앞뒤가 맞지 않아서는 곤란했다. "이번 일요일 우당에서 점심을 먹을 때 저번 날 저녁에 만났던 당신 친구를 봤어."라는 자신의 말을 말없이 듣고 있을 폴의 모습이 떠올랐다. 폴은 아마도 한순간 시선을 돌리겠지. 그녀는 고통스러워하겠지……. 이제 그것은 익숙한 장면이었다. 어찌나 자주 그런 폴의 모습이 떠올랐던지, 로제는 수치심을 느꼈다. 또한 잠시 후 메지, 그러니까 마르셀을 데려다주고 나서 폴의 집에 들를 때 느낄 기쁨을 떠올리면서도 또한 수치심을 느꼈다. 하지만 폴이 그 사실을 어떻게 알겠는가……. 아마 그녀는 이틀 동안 혼자 느긋하게 쉬었으리라. 그녀는 그 때문에 외출을 너무 자주 하지 않았던가. 그녀는 친구들과 브리지 게임을 했거나 아파트를 정돈했거나 신간을 읽었으리라……. 그는 갑자기 왜 이렇게 폴이 일요일을 어떻게 보냈는가를 자신이 궁금해하는지 의아했다.

"당신은 운전을 참 잘해." 갑자기 옆에서 여자의 목소리가 들려왔다. 로제는 소스라치며 메지를 바라보았다.

"그렇게 생각해?"

"다른 것들도 잘해." 여자는 등받이에 몸을 기대며 말했다.

그는 그녀에게 잊어 달라고 말하고 싶었다. 자신의 보잘것없는 육체와 충족된 욕구를 잊어 달라고 말하고 싶었다. 여자는 맥없이 웃음을 터뜨렸다. 아니 맥없는 웃음을 지으려 애쓰며 그의 손을 잡아 자기 다리 위에 올려놓았다. 그의 손가락

아래로 만져지는 그녀의 다리는 단단하고 뜨거웠다. 그가 미소를 지었다. 그녀는 어리석고 수다스럽고 가식적이었다. 사랑의 행위를 우스꽝스럽게 만듦으로써 그녀는 기묘하게도 그를 노골적인 사내가 될 수 있게 해 주었다. 그에게 있는 애정이나 우정, 혹은 막연한 관심을 무화시켜 버리는 그런 태도가 그녀를 더욱 자극적으로 느껴지게 했다. '대화가 안 통하고 잘난 체하고 저속하고 시시하고 더러운 여자. 난 그런 여자와의 섹스가 좋아.' 그는 소리 내어 웃기 시작했다. 여자는 왜 웃느냐고 묻지 않고 라디오 쪽으로 손을 뻗었다. 로제는 그녀의 동작을 눈으로 좇았다……. 저번 날 저녁 폴이 뭐라고 했던가? 라디오에 대해, 그들의 저녁 외출에 대해……. 이제는 생각나지 않았다. 라디오에서 연주회 중계방송이 나오자 그녀는 라디오를 꺼 버렸다. 하지만 달리 들을 만한 게 없자 다시 그 방송을 켰다. 아나운서가 떨리는 목소리로 브람스의 곡이라고 말하고 있었고 박수 소리가 울려 퍼졌다.

"여덟 살 때 나는 오케스트라의 지휘자가 되고 싶었어. 당신은?" 그가 물었다.

"난 영화에 출연하고 싶었어. 그리고 반드시 그렇게 되고 말 거야." 그녀가 대답했다.

로제는 그럴 수도 있을 거라고 생각하며 이윽고 여자를 집 앞에 내려 주었다. 여자가 그의 재킷에 매달렸다.

"내일은 보기 싫은 우리 아저씨와 저녁을 먹어야 해. 하지만 내 귀여운 로제를 빨리, 가능한 한 빨리 보고 싶어. 틈나면 즉시 전화할게."

그는 숨겨진 젊은 애인이라는 이런 역할, 특히 상대 남자가 자신과 같은 연배인 경우의 이런 역할에 상당한 만족감을 느끼며 미소를 지었다.

"그런데 당신은 괜찮아? 사람들 말로는 당신이 자유로운 몸이 아니라고 하던데……." 그녀가 다시 말했다.

"난 자유로운 남자야." 그가 살짝 인상을 쓰며 대답했다. 어쨌든 이 여자와 폴에 대한 이야기를 하는 일은 없으리라! 여자는 보도 위를 종종걸음으로 달려가서는 현관 너머로 손을 흔들어 보였다. 그는 차를 출발시켰다. "난 자유로운 남자야."라는 자신의 마지막 말이 그를 좀 불편하게 하고 있었다. 그것은 '책임에서 자유로운 남자'라는 뜻이었다. 그는 액셀러레이터를 밟았다. 가능한 한 빨리 폴을 만나고 싶었다. 그녀만이 그를 안심시킬 수 있었고 그녀는 그렇게 해 줄 것이었다.

* * *

폴은 그가 도착하기 직전에 외출에서 돌아온 듯 여전히 외투를 입고 있었다. 그녀의 얼굴은 창백했다. 그가 도착하자 그녀는 그의 품으로 뛰어들더니 어깨에 매달린 채 움직이지 않았다. 로제는 두 팔로 그녀를 안고 그녀의 머리에 뺨을 대고 그녀가 입을 열기를 기다렸다. 일찍 돌아오길 잘한 일이었다. 그녀는 그를 필요로 하고 있었다. 그녀에게 무슨 일인가 일어난 것이 분명했다. 자신이 그 일을 예감했다고 생각하면서 그는 그녀에 대한 자신의 애정이 커지는 것을 느꼈다. 그는 그녀를 보호해 주고 있었다. 물론 그녀는 강인하고 독립적이고 지적이었지만 그가 아는 그 어떤 여자보다도 여자답다는 것을 그는 잘 알고 있었다. 그리고 그런 점에서 그녀에게는 그가 필요했다. 폴은 그의 품 안에서 부드럽게 몸을 뗐다.

"여행은 잘했어? 릴은 어땠어?"

그는 힐긋 그녀에게 시선을 던졌다. 그랬다, 폴은 의심 같은 건 전혀 하고 있지 않았다. 그녀는 그런 식으로 상대를 떠보는 여자가 아니었다. 그가 눈썹을 치켜올렸다.

"그저 그랬어. 당신은? 당신은 뭐 했어?"

"별일 없었어."라고 대답하며 그녀는 고개를 돌렸다.

그는 더 이상 캐묻지 않았다. 나중에 그녀가 이야기해 주리라.

"당신은 여기서 어떻게 지냈어?"

"어제는 일을 했어. 그리고 오늘은 플레옐 홀에서 열리는 연주회에 갔었어."

"당신 브람스 좋아해?" 그가 웃으며 물었다.

그에게 등을 돌리고 있던 그녀가 너무나 갑작스럽게 몸을 돌리는 바람에 그는 한 발 물러섰다.

"왜 그렇게 묻는 거지?"

"돌아오는 길에 라디오에서 그 연주회를 중계해 주는 걸 들었거든."

"그랬구나. 물론 중계방송을 했겠지. 맞아. 하지만 당신에게 그런 감성적인 면이 있다니 놀라운걸……."

"내가 보기엔 당신이 그래. 무슨 일인데? 나는 당신이 다례

부부 집에서 브리지 게임을 하거나……."

그녀는 작은 거실에 불을 켜고는, 지친 태도로 외투를 벗었다.

"그 반 덴 베시라는 청년이 나를 그 연주회에 초대했어. 나는 달리 할 일이 없었고. 그런데 내가 브람스를 좋아하는지 어떤지 더 이상 알 수가 없더라고……. 믿어져? 내가 브람스를 좋아하는지 어떤지 더 이상 알 수도 없다는 게……."

그녀는 웃기 시작했다. 처음에는 조그맣게, 이윽고 웃음소리가 점점 커졌다. 로제의 머릿속에서 폭풍우가 몰아치기 시작했다. 시몽 반 덴 베시? 그렇다면 그 녀석이 나를…… 우당에서 만났다는 말을 하지 않았을까? 그것보다도, 도대체 그녀는 지금 왜 웃고 있는 것일까?

"폴, 진정해. 그런데 당신 그 풋내기와 뭘 했지?" 그가 물었다.

"브람스를 들었지." 그녀가 중간중간 웃어 가며 말했다.

"브람스 얘긴 집어치워……."

"하지만 이건 브람스에 관한 얘긴걸……."

로제가 그녀의 어깨를 잡았다. 너무 웃은 나머지 폴의 눈에는 눈물이 맺혀 있었다.

"폴, 나의 폴……. 그 녀석이 당신한테 무슨 말을 한 거야? 무엇보다도, 녀석이 당신에게 원하는 게 뭐야?" 그가 물었다.

그는 몹시 화가 나 있었다. 따돌림당하고 웃음거리가 된 것 같은 느낌이었다.

"물론 그가 젊디젊은 스물다섯 살이긴 하지." 그가 말했다.

"내겐 그게 오히려 단점인걸." 그녀가 부드럽게 말했다. 그가 그녀를 다시 품에 안았다.

"폴. 난 당신을 완전히 믿어. 이토록 말이야! 당신이 그런 풋내기를 마음에 들어 할지도 모른다는 생각만으로도 난 참을 수가 없어."

로제는 그녀를 안은 손에 힘을 주었다. 문득 그는 다른 남자에게 팔을 내미는 폴, 다른 남자와 입맞춤을 하는 폴, 다른 남자에게 애정을 표하고 관심을 쏟는 폴을 떠올렸다. 고통스러웠다.

'남자들은 뻔뻔스러운 데가 있어.' 폴은 별다른 유감 없이 생각했다. '날 완전히 믿는다니. 완전히 믿는 나머지 날 속이고 혼자 내버려 두다니. 하지만 그 반대의 일이 일어난다는 생각은 전혀 하지 않아. 참 대단해.'

"그는 친절하지만 개성이 없어. 그뿐이야. 우리 어디 가서 저녁 먹을까?" 그녀가 물었다.

8장

'죄송합니다. 실제로 제겐 당신에게 그런 이야기를 할 권리가 없었습니다. 저는 질투심에 사로잡혀 있었지만 질투심은 자신이 소유한 것에 대해서만 가질 수 있는 권리라고 생각합니다. 어쨌든 당신을 당혹스럽게 한 건 분명합니다. 이제 저로부터 벗어나실 수 있을 겁니다. 저는 소송 사건 때문에 상사와 함께 시골로 떠납니다. 상사 친구의 집인 낡은 시골집에서 머물 겁니다. 침대에서는 마편초 향이 나고 방에는 불이 피워져 있고 아침마다 창문 앞에서는 새들이 노래하겠지요. 하지만 저는 이번만큼은 목가적인 청년의 역할을 할 수 없을 것 같습니다. 당신이 제 곁에서 잠을 잘 테니까요. 난롯불 빛을 받으며 당신이 제 손 닿는 곳에 있다고 생각할 겁니다. 중간에 돌아올 생각을 열 번도 더 하겠지요. 당신이 다시는 저를 보

고 싶지 않다고 해서, 제가 당신을 사랑하지 않을 거라고 생각하지는 마세요. 당신의 시몽.'

편지는 폴의 손에 불안정하게 쥐여 있었다. 이윽고 편지는 시트 위로 미끄러졌다가 카펫 위로 떨어졌다. 폴은 베개 위에 머리를 얹고 두 눈을 감았다. 시몽은 자신을 사랑하고 있는 게 분명했다……. 오늘 아침 그녀는 몹시 지쳐 있었다. 제대로 잠을 자지 못했던 것이다. 어젯밤 릴에서 돌아오는 길에 대한 그녀의 질문에 로제가 무심코 내뱉은 한마디 때문이었다. 처음에 그녀는 그 말에 그다지 신경이 쓰이지 않았다. 하지만 그는 말을 더듬었고 목소리를 점점 더 작게 내더니 마침내 말꼬리를 흐렸던 것이다.

"일요일에 거기서 돌아오는 길은 언제나 끔찍하지……. 하지만 붐비긴 해도 도로에선 속도를 낼 수 있어서……."

그가 억양을 바꾸지 않았다면 그녀는 아무것도 눈치채지 못했으리라. 그녀는 이 년 전부터 발달시켜 온 그 무시무시한 자기 방어 기제, 무의식적인 두뇌의 반사 작용 덕택으로 릴까지 새로 뚫린 멋진 도로를 머릿속에 떠올렸다. 하지만 그는 지레 말을 멈추었고, 그녀는 그를 바라보지 않았다. 그러다가 십오 초쯤 후에 그녀가 다시 대화를 시작해야 했다. 저녁 식사는 평상시 같은 분위기에서 끝났다. 하지만 폴은, 질투나 호기심 이상으로 강렬한, 그 순간 엄습한 피로감과 환멸감으로부터 벗어날 수가 없었다. 너무도 익숙하고 너무도 사랑하는 그 얼굴이 눈앞에서 그녀가 혹시 사실을 눈치채지 않았는지 알아내려 애쓰고 있었고 그녀의 얼굴에 떠오른 고통을 냉혹한 사형 집행관처럼 감지해 내려 하고 있었다. 그때 그녀는 '이 사람은 나를 이렇게 고통스럽게 하고도 부족하단 말인가? 이 사람에게는 아무 차이도 없는 걸까?' 하고 생각하고 있었다. 이제 그녀는 그가 기대하는 것처럼 의자에서 일어나 여유 있고 우아한 태도로 식당을 가로지를 수도, 집 앞에서 작별 인사를 할 수도 없을 것 같았다. 그녀가 하고 싶은 것은 다른 것이었다. 그에게 욕설을 퍼붓고 자기 잔을 그의 얼굴에 던지고 싶었다. 그가 심심찮게 만나 온 시시한 창녀들과 차별되는, 자신을 기품 있고 존중받을 만한 존재로 만들어 주는 모든 것을 포기해 버리고 싶었다. 그런 창녀들 중 하나가 되고 싶었다. 로제는 그 여자들이 어떤 존재인지, 자신이 어떤 인간인지 그녀에게 충분히 이야기하지 않았던가. 그는 그녀에게 사실을 숨기려 하지 않았다. 그랬다. 그는 정직했다. 하지만 이렇게 뒤얽힌 삶 속에서 그런 정직성만으로는 누군가를 제대로 사랑하고 행복하게 만들어 줄 수 없는 게 아닐까 하고 그녀는 자문했다. 필요할 경우 자신이 좋아하는 것을 포기할 각오가 되어 있다 해도 말이다.

시몽의 편지는 카펫 위에 떨어져 있었다. 폴은 침대에서 일어나다가 그것을 밟았다. 그녀는 편지를 주워 다시 읽었다. 그런 다음 책상 서랍을 열고 만년필과 종이를 꺼내 답장을 썼다.

* * *

시몽은 수석 변호사를 축하하기 위해 법원 출구에 모인 군

중 속에 섞이고 싶지 않아서 숙소에 홀로 남아 거실에 앉아 있었다. 그 집은 우울하고 추웠다. 전날 밤에는 얼음이 얼었다. 무관심한 정원사가 가을이 깊도록 내버려 둔 등나무 의자 두 개가 누런 잔디밭 위에서 천천히 썩어 가고 헐벗은 나무 두 그루가 서 있는 얼어붙은 풍경이 창을 통해 내려다보였다. 그는 어떤 여자가 여우로 변하는 기묘한 줄거리를 가진 영어본 소설을 읽고 있었다. 이따금 그는 소리 내어 웃었고, 두 다리가 저리면 다리를 꼬았다가 풀곤 했다. 몸 어딘가가 불편하다는 느낌이 점차 그를 책으로부터 떼어 놓았다. 이윽고 그는 자리에서 일어나 책을 내려놓고 밖으로 나왔다.

그는 정원 아래쪽에 있는 작은 연못까지 걸어 내려가면서 추위의 냄새, 좀 더 멀리 울타리 너머에서 희미하게 풍겨 오는 낙엽 타는 냄새에 뒤섞인 저녁의 냄새를 맡았다. 그는 낙엽 타는 냄새를 무엇보다 좋아했으므로 그 냄새를 더 잘 들이마시려고 그 자리에 서서 눈을 감았다. 이따금 조그맣지만 날카로운 새소리가 들려왔다. 이런 향수(鄕愁)의 종합, 완벽한 어울림이 왠지 그 자신의 향수를 달래 주는 것 같았다. 그는 탁한 물 위로 몸을 기울여 한 손을 담그고 자신의 여윈 손가락들을 바라보았다. 물속에서 손가락들은 손바닥과 거의 수직을 이룰 정도로 굴절되어 보였다. 그 자리에서 움직이지 않은 채 그는 마치 신비로운 물고기라도 잡으려는 듯이 물속에서 천천히 주먹을 쥐었다. 폴을 만나지 못한 지 이제 일주일 하고도 반이 지났다. 그의 편지를 받고 그녀는 어깨를 살짝 으쓱해 보이고는 로제가 그것을 발견해 시몽 자신을 조롱하게 하지 않으려고 편지를 치워 버렸으리라. 왜냐하면 그녀는 착한 여자였으므로. 시몽은 그 사실을 잘 알고 있었다. 그녀는 착하고, 친절하고, 그리고 불행했다. 그에게는 그녀가 필요했다. 하지만 어떻게 그 사실을 그녀에게 납득시킨단 말인가? 어느 날 저녁 그는 저 음산한 집 안에서 멀리 파리에 있는 그녀에게 전달될 정도로 오랫동안 강렬하게 그녀를 떠올리는 시도를 하지 않았던가. 심지어는 잠옷 차림으로 서재로 내려와 텔레파시에 관한 책을 찾아보기까지 했다. 물론 그것은 헛수고였다! 그것이 유치한 짓임을 그는 알고 있었다. 그는 언제나 어린아이 같은 해결책이나 요행에 기대어 모든 곤란을 극복하려 해왔다. 하지만 폴은 노력을 기울일 가치가 있는 사람이었고, 그는 그 사실을 숨길 수가 없었다. 그의 매력으로 그녀를 정복할 수는 없으리라. 그는 오히려 자신의 외모가 그녀에게 별다른 호소력을 갖지 못한다는 것을 느끼고 있었다. "내 머리는 보기에만 그럴듯하고 속은 비어 있는지도 모르지."라고 그는 소리 내어 중얼거렸다. 그 바람에 찢어질 듯 울어 대던 새가 한순간 울음을 멈추었다.

그는 천천히 집으로 올라와서는 카펫 위에 길게 누워 난로 속에 장작 한 개비를 던져 넣었다. 이제 플뢰리 변호사가 승리감 속에서 짐짓 겸손한 표정으로, 하지만 평소보다 훨씬 더 자신감 넘치는 모습으로 이곳으로 돌아오리라. 플뢰리는 그에게 경탄하는 이 지방 사람들 앞에서 유명한 소송 사건에 대해 떠벌리리라. 디저트를 먹는 동안 조금쯤 지친 이곳 사람들은 부르고뉴 지방의 가벼운 안개로 뿌예진 눈길을 예의 바르고 말수 적은 젊은 수습 변호사, 즉 자신에게 돌리리라. 플뢰리는 그곳에서 가장 나이 많은 여자 수습 변호사를 가리키며 "저 여자랑 잘 좀 해 보지 그래, 시몽."이라고 소곤대리라……. 그 나이 많은 여자와 그는 이미 함께 여행한 적도 있었지만, 수석 변호사의 이런 집요한 암시는 두 사람 모두에게 별로 설득력이 없었다.

그의 예상은 들어맞았다. 다만 이번 경우는 그의 평생 가장 유쾌한 저녁 식사 중 하나였다. 그는 줄곧 이야기를 하며, 수석 변호사의 말허리를 잘랐다. 그곳에 있는 여자들은 모두 그에게 매혹되었다. 숙소에 온 플뢰리 변호사가 그에게 파리 클레베가에서 루앙의 법원으로 전송된 편지 한 통을 건네주었던 것이다. 폴에게서 온 편지였다. 시몽은 주머니 속에 한 손을 넣어 손가락으로 그 편지를 만져 보며 행복에 찬 미소를 짓곤 했다. 그는 사람들과 줄곧 이야기를 하면서도 그 편지의 내용을 머릿속에서 고스란히 떠올리려 애썼다.

"장난꾸러기 시몽(그녀는 그를 언제나 이렇게 불렀다.), 당신의 편지는 너무 슬프더군요. 나는 그럴 만한 가치가 없는 사람이에요. 사실 난 당신이 없어서 쓸쓸해요. 난 내가 어떤 사람인지 더 이상 잘 모르겠어요. 시몽(그녀는 그의 이름을 한 번 더 쓴 다음 정말이지 근사한 이 두 마디를 덧붙였다.), 빨리 돌아와요."

그는 저녁 식사가 끝나는 대로 즉각 돌아가리라. 파리까지 아주 빠르게 달려가리라. 그녀의 집 앞으로 가면 어쩌면 그녀를 볼 수 있을지도 몰랐다.

2시에 그녀의 집 앞에 도착한 시몽은 꼼짝도 할 수 없었다.

삼십 분 후 자동차 한 대가 그의 앞에 와서 섰고 폴 혼자 내렸다. 그는 움직이지 않은 채 길을 건넌 그녀가 출발하는 차를 향해 손을 흔드는 것을 바라보았다. 시몽은 움직일 수가 없었다. 폴은 그런 사람이었다. 그는 그녀를 사랑하고 있었다. 그 사랑이 자신 안에서 폴을 부르고, 폴과 만나고, 폴에게 이야기하는 소리가 들려왔다. 그는 겁에 질린 채 고통스럽고 공허한 마음으로 꼼짝도 하지 않고 그 소리를 듣고 있었다.

9장

음울한 하늘 아래 불로뉴 숲의 얼어붙은 호수가 두 사람 앞에 펼쳐져 있었다. 조정 선수 한 사람이 그곳에 여름을 되돌려 놓기 위해 고된 노력을 기울이고 있을 뿐이었다. 그들의 존재가 익명적인 만큼 아무도 신경을 쓰지 않는데도 보기 좋은 모습을 유지하기 위해 매일같이 노력하는 그런 기묘한 사람들 중 하나였다. 그는 부지런히 노를 저어 얼어붙은 나무들 사이에서 겨울과는 거의 상극처럼 느껴지는 반짝이는 은빛 물다발을 길어 올림으로써 쓸쓸하게 자신의 존재를 환기시키고 있었다. 폴은 이마에 주름을 잡은 채 배 안에 앉은 남자를 바라보았다. 그는 피곤하지만 스스로에게 만족한 모습으로 섬을 한 바퀴 돌고 오리라. 그녀는 그 고집스러운 매일의 순회에 어떤 상징적인 면이 있다고 느꼈다. 시몽은 그녀 곁에서 침묵을 지키고 있었다. 그는 기다리고 있었다. 그녀는 그에게 몸을 돌리고 미소를 지어 보였다. 그는 미소로 답하는 대신 그녀를 응시했다. 전날 밤 그로 하여금 프랑스의 한 지역 전체를 차로 가로지르게 만들었던 그 폴과, 그가 답파한 길처럼 정복당한, 벌거벗은 채(그는 알 수 있었다.) 자신을 내맡기고 있는 그의 머릿속의 폴, 그리고 진부한 배경 속에서 자신과 함께 철제 의자에 앉아 졸고 있는, 자신을 보고도 거의 기뻐하지 않는 차분한 폴, 이 세 명의 폴 사이에는 아무런 관계도 없는 것 같았다. 그는 실망했고 그 실망을 감추기 위해 이제 더 이상 그녀를 사랑하지 않는다고 생각하기 시작했다. 그 울적한 시골집에서 보낸, 집착으로 가득한 일주일은, 그 자신의 상상에 휘둘리는 것이 얼마나 어리석은지를 보여 주는 좋은 본보기였다. 하지만 다음 순간 그는 그녀의 지친 머리를 목덜미에 멍이 들 정도로 세차게 의자의 등받이 위로 젖히고, 차분하기 짝이 없는 통통한 입술에 자신의 입술을 갖다 대는 상상을 하며 전율했다. 그녀의 입에서 두 시간 전부터 흘러나온 것은 자신을 진정시키려는 부드러운 말뿐이었다. 그로서는 그런 말에 어떻게 대응해야 할지 알 수 없었다. 편지에다 그녀는 '빨리 돌아와요.'라고 쓰지 않았던가. 그는 그 구절로 인해 자신이 지나친 기대를 품었다는 사실보다, 그 구절을 읽고 어리석게도 기뻐하고 즐거워하고 확신에 찼었다는 사실이 더 유감스러웠다. 그는 잘못 알고 행복해하기보다는 제대로 알고 불행해하는 편이 낫다고 생각했다. 그가 그 사실을 그녀에게 말하자, 그녀는 조정 선수로부터 시선을 돌려 그를 지그시 응시했다.

"장난꾸러기 시몽, 누구라도 그랬을 거예요. 당신이 우쭐했던 것은 당연해요."

그녀는 웃기 시작했다. 시몽은 그날 아침 미친 사람처럼 마티뇽가로 오지 않았던가. 그리고 그녀 자신은 그를 보자마자 그 편지가 별다른 의미가 있었던 게 아님을 그에게 이해시키려 애쓰지 않았던가.

"그렇다 해도 당신은 아무에게나 '빨리 돌아와요.'라고 쓰는 여자는 아니지 않습니까?"라고 그는 거듭 물었다.

"나는 외로웠어요. 그리고 아주 기묘한 상태에 놓여 있었어요. 물론 그렇더라도 당신에게 '빨리 돌아와요.' 같은 구절은 쓰지 말았어야 했어요. 그건 맞아요!"

하지만 실제로 그녀는 반대로 생각하고 있었다. 시몽이 와 있었고 그녀는 그가 거기 와 있다는 사실에 행복했다. 그녀는 정말이지 너무도 외롭지 않았던가! 로제는 영화에 미친 젊은 여자와 새로운 관계를 시작했다.(그녀로서는 그 사실을 모를 수가 없었다.) 로제와 그녀 사이에서 그 일이 한 번도 언급된 적은 없었지만, 로제는 어느 정도 수치심을 느끼고 있는 듯했다. 그는 여러 가지 핑계를 댔지만, 평소처럼 그녀를 이해시키기엔 너무 잡다했다. 그녀는 이번 주에 두 차례 그와 저녁 식사를 했다. 겨우 두 차례뿐이었다. 실제로 지금 곁에 있는, 자신의 잘못 때문에 불행해하는 이 청년이 없다면 그녀는 극도로 불행하리라.

"자, 돌아갑시다. 지루하신가 보군요." 시몽이 말했다.

그녀는 부정하지 않고 자리에서 일어섰다. 그녀는 그를 끝까지 밀어붙여 보고 싶은 충동을 느끼다가, 이어 그런 잔인성을 뉘우쳤다. 그런 잔인성, 곧 복수에 대한 불합리한 욕구는 그녀 자신의 슬픔의 이면이었을 뿐, 시몽은 그런 취급을 받을 이유가 없었다. 두 사람은 시몽의 작은 차에 올랐다. 시몽은 그들의 첫 소풍인 이 외출에 대해 자신이 머릿속에서 상상했던 것들을 떠올리며 씁쓸한 미소를 지었다. 자신이 폴의 손에 한 손을 내어 주고 왼손만으로도 기적적으로 능숙하게 운전하는 동안, 폴은 그 아름다운 얼굴을 자신에게 기울이는 상상을 하지 않았던가. 시몽은 그녀를 보지 않은 채 그녀에게 한 손을 뻗었다. 폴은 두 손으로 그 손을 잡았다. 그녀는 생각했다. '그렇다면 나는 불장난 같은 것은 결코, 결단코 할 수 없단 말인가?' 시몽이 차를 세웠다. 그녀는 아무 말도 하지 않았다. 시몽은 가볍게 펼쳐진 폴의 손바닥 위에 가만히 놓여 있는 자신의 손을 바라보았다. 폴의 손은 언제라도 자신의 손을 놓아줄 태세가 되어 있었고 분명 그것을 기다리고 있으리라. 문득 극도의 피로감이 엄습했다. 그는 그녀를 영영 떠날 수 있을 만큼 강한 체념의 감정을 느끼며 고개를 뒤로 젖혔다. 그 순간 그는 서른 살은 더 먹은 것 같았고, 삶에 굴복하고 만 듯한 기분이었다. 그리고 폴은 그런 그가 처음으로 인정할 만한 존재로 여겨졌다.

그녀에게 그가 자신과 같은 부류, 그들(로제와 자신)과 같은 부류로 보인 것은 이번이 처음이었다. 쉽게 상처받지 않을 존재로 보인 것은 아니었다. 왜냐하면 그녀는 그가 상처 입기 쉬운 존재라는 것을 언제나 알고 있었고, 상처받지 않는 사람이란 없다는 것 또한 알고 있었던 것이다. 하지만 지금 이 순간 시몽은, 젊음과 지나치게 잘생긴 외모와 경험 부족으로 그녀의 눈에 참을 수 없게 느껴졌던 그 모든 것들로부터 자유로워진 것처럼 보였다. 그녀에게 있어서 그는 늘 왠지 어떤 것에 사로잡힌 포로처럼 보이지 않았던가. 그 자신의 안이함의 포로, 안이한 삶의 포로처럼. 그런데 지금 그는 더 이상 발버둥 치지 않는, 반쯤 죽은 듯한 옆얼굴을 자신에게가 아니라 나무를 향해 돌리고 있었다. 동시에 그녀는 처음 만났을 때 실내복 차림으로 경쾌하고 어리둥절한 표정을 짓고 있던 시몽을 떠올리고는 그를 원래의 그 자신에게로 돌려보내고 싶은 마음이 들었다. 그를 영원히 떠나보냄으로써 잠시 슬픔에 잠기게 했다가, 예상컨대 앞으로 다가올 훨씬 멋진 수많은 젊은 여자들에게 넘겨 주고 싶었다. 그에게 인생이라는 걸 가르치는 데에는 시간이 자신보다 더 유능하겠지만, 그러려면 훨씬 오래 걸리리라. 그녀의 손안에 놓인 그의 손은 움직이지 않았다. 그의 손가락에서 맥박이 팔딱이는 것을 느끼자 그녀는 갑자기 눈에 눈물이 고였는데, 그 눈물을 너무도 친절한 이 청년을 위해 흘려야 할지, 아니면 조금쯤 슬픈 그녀 자신의 삶을 위해 흘려야 할지 알 수 없었다. 그녀는 그의 손을 자신의 입술로 가져가 키스했다.

시몽은 아무 말도 하지 않고 다시 차를 출발시켰다. 처음으로 그들 사이에 무슨 일인가 일어났다. 그는 그 사실을 알고 있었고 전날보다 훨씬 더 행복했다. 마침내 그녀가 자신을 '제대로 본 것이다'. 혹시 어리석게도 그가 그들 사이에 일어날 첫 번째 사건이 하룻밤을 함께 보내는 것이어야 마땅하다고 생각했다면 스스로를 탓해야 하리라. 그에게는 끈질긴 인내심과 넘치는 애정, 그리고 물론 많은 시간이 필요하리라. 그는 자신에게 그런 인내심과 애정이 있다는 것, 자신 앞에 긴 인생이 펼쳐져 있다는 것을 느꼈다. 그들이 사랑의 하룻밤을 보내게 된다 해도 그것은 하나의 단계일 뿐, 흔히 예상하는 익숙한 결말은 아닐 것이라고 그는 생각했다. 그들 사이에는 수많은 낮과 밤이 펼쳐져 있고 영원히 끝나지 않으리라. 그런 생각과 동시에 그는 그녀에 대해 고통스러울 정도로 강한 욕망을 느꼈다.

10장

반 덴 베시 부인은 늙어 가고 있었다. 이제까지 그녀는 자신의 외모, 그리고 제롬 반 덴 베시와의 뜻하지 않은 결혼 전까지는 적어도 '소질'이라 부를 수 있을 만한 성격적 특징으로 인하여 여자 친구보다는 남자 친구가 많았던지라, 노화 현상의 발현과 더불어 외로움을 절감하지 않을 수 없었다. 그 외로움은 그녀를 절망에 빠뜨려서 그녀로 하여금 상대를 가리지 않고 닥치는 대로 매달리게 만들었다. 일을 구실 삼아 부인은 폴에게 이상적인 여자 친구 역할을 부여했다. 클레베가의 아파트는 뒤죽박죽이었고 폴은 거의 매일 그곳에 들러야 했는데 그럴 때마다 반 덴 베시 부인은 온갖 구실을 동원해 그녀를 붙잡아 두었다. 게다가 부인이 보기에 이 폴이라는 여자는 겉으로는 무심해 보이지만 시몽과 아주 친한 것 같았다. 부인은 그들 사이에서 보다 확실한 공모의 징후 같은 것을 찾아내려 애썼지만 허사였다. 급기야 그녀는 아들과의 대화에서 폴을 암시하는 말과 눈짓을 던지기에 이르렀지만, 그 일은 시몽을 자극했을 뿐이었다. 어느 날 저녁, 시몽은 창백하고 흐트러진 모습으로 갑자기 덤벼들며 그녀(자신은 그의 어머니가 아닌가!)가 모든 것을 '망친다면' 가만두지 않겠다고 위협하기에 이르렀다.

"망치다니 뭘 말이냐? 어미를 저버릴 테냐? 그 여자랑 잔 거니 안 잔 거니?"

"자지 않았다고 이미 이야기했잖아요."

"그럼 이제 어쩔 거냐? 그 여자가 너랑 잘 생각을 안 한다면 내가 그런 생각을 하게끔 만들어 주마. 그게 너를 위해 좋아. 그 여자는 열두 살짜리 여자애가 아니야. 너는 그 여자를 데리고 연주회와 전시회를 돌아다니지……. 그 여자가 그런 걸 재미있어 할 것 같니? 바보, 넌 아무것도 몰라……."

하지만 시몽은 어머니의 말이 끝나기도 전에 방을 나와 버렸다. 그가 파리로 돌아온 지 삼 주가 지났다. 그동안 그는 폴이 낮에 때때로 내주는 몇 시간 동안 폴을 위해, 폴에 의해 살았다. 가능한 한 오래도록 그녀 곁에 머물려 애썼고, 지난날 그 자신이 그토록 조롱했던 소설 속의 주인공들처럼 조금이라도 더 그녀의 손을 쥐고 있으려 부심했다. 그러던 어느 날 그의 집 거실 인테리어가 완성되었다. 어머니가 디너파티를 열기로 하고 거기에 폴을 초대하겠다고 했을 때 시몽은 아연실색했다. 반 덴 베시 부인은 열 명의 손님과, 대외적으로 폴의 동반자인 로제도 초대하겠다고 덧붙였다.

로제는 그 초대를 받아들였다. 그는 폴을 이리저리 쫓아다니는 그 풋내기 청년을 가까이에서 보고 싶었다. 폴이 그 청년에 대해 점점 더 강해지는 그녀의 애정을 대화 중에 무심코 드러내곤 했던 것이다. 게다가 로제로서는 폴을 소홀히 한 지가 한 달이 다 되어 가는 만큼 그녀에게 미안한 마음을 갖고 있었다. 하지만 그는 메지에게, 그 여자의 어리석음과 육체에, 그 여자가 벌이는 끔찍한 소동과 지독한 질투심에, 그리고 결정적으로 그 여자가 그에 대해 키우는 뜻밖의 열정에 사로잡혀 있었다. 그 여자는 매일같이 그의 얼굴에 더할 수 없이 노골적으로 그런 열정을 퍼부어 댔고, 그 지독한 뻔뻔스러움에 그는 매혹당했다. 그는 줄곧 뜨거운 터키탕에 들어와 있는 것 같은 느낌이 들었다. 인생에서 이런 생생한 열정을 불태우는 것은 이번이 마지막일 것이라고 막연히 생각했고, 그는 그것에 굴복했다. 그가 폴과의 약속을 취소하고(그러면 폴은 평소와 같은 어조로 "괜찮아, 로제. 내일 만나."라고 대답했다.) 메지의 방으로 돌아가면, 그 여자는 눈물을 흘리며 그가 원한다면 자신의 직업을 포기하겠다고 단언했다. 그는 주의 깊게 스스로를 관찰하면서 자신이 이 어리석은 관계를 어디까지 참아 낼 수 있을까 자문했다. 그런 다음 그는 그녀를 품에 안았다. 그녀가 아양을 떨기 시작하면, 그는 반쯤은 우둔하고 반쯤은 상스러운 그녀의 중얼거림에서 이제껏 경험하지 못했던 관능적인 흥분을 느꼈다. 이런 상황에서, 자신을 낮춘 채 줄곧 폴을 쫓아다니는 이 시몽이라는 청년은 무척 편리한 존재였다. 메지와의 관계를 끝내는 대로 사태를 바로잡고 폴과 결혼하리라. 로제는 아무것도 확신할 수 없었고 자기 자신조차 신뢰할 수 없었다. 그가 확신하는 유일한 것은 그 무엇으로도 부술 수 없는 폴의 사랑이었고 몇 년 전부터 그녀에게 집착해 온 자기 자신의 마음뿐이었다.

조금 늦게 도착한 로제는 첫눈에 그 디너파티가 자신이 죽도록 지루해하는 그런 종류의 파티임을 알아차렸다. 그동안 폴은 사교성이 부족하다며 그를 나무라곤 했다. 실제로 그는 일과 관련된 것 외에는, 목적이 아주 분명한 경우나 폴과 함께인 경우나 속내를 털어놓을 수 있는 친구를 일대일로 만나는 경우가 아니라면 사람을 만나는 일 같은 건 하지 않았다. 혼자 사는 그로서는 지나치게 자주 열리는 파리의 사교 모임을 참아 내기가 어려웠다. 도착하자마자 거친 행동을 하거나 그 자리를 뜨고 싶은 생각이 들었다. 그곳에는 업계의 유명 인사들과 신문 지상에 오르내리는 인물들이 와 있었다. 예의 바른 그들과 더불어 저녁 식사를 하면서 연극이나 영화, 더 지독하게는 남녀 관계와 사랑에 대해 이야기를 나누게 될 것이었는데, 그것이야말로 그가 가장 우려하는 화제였다. 왜냐하면 그는 그런 것에 관해 아무것도 모르는 듯한, 자신이 알고 있는 것을 말로 표현하는 게 불가능하다는 느낌이 들었던 것이다. 그는 커다란 덩치를 뻣뻣하게 굳힌 채 약간 불퉁한 태도로 모인 사람들에게 인사를 했는데, 언제나처럼 자신이 도착함으로써 분위기가 미묘해지는 듯한 인상을 받았다. 실제로 그 인상은 반쯤은 사실이었다. 왜냐하면 그는 애초부터 대화 같은 것과는 동떨어진 인상을 주는 만큼 언제나 새로운 분위기를 환기시켰던 것이다. 그 때문에 그를 매력적이라고 생각하는 여자들도 많았다. 폴은 몸에 달라붙는, 그가 좋아하는 검은 드레스를 입고 있었다. 로제는 그녀 쪽으로 고개를 숙이면서 그 모습이 마음에 든다는 표정과 함께 미소를 지어 보였다. 그곳에서 그가 인정할 수 있는 사람은 그녀뿐이었다. 그러자 폴은 그의 품에 안기면 얼마나 좋을까 하고 생각하며 한순간 눈을 감았다. 폴 옆에 앉은 다음에야 비로소 로제는 꼼짝도 하지 않고 있는 시몽을 발견했다. 자신의 존재가 시몽을 고통스럽게 하리라는 데 생각이 미친 로제는 폴의 등에서 본능적으로 팔을 뗐다. 폴은 고개를 돌렸다. 그들의 양쪽에서 사람들이 모두 대화에 열중해 있는 가운데, 세 사람 사이에는 갑자기 침묵이 흘렀다. 그 침묵이 깨진 것은 시몽의 동작 때문이었다. 그는 폴 쪽으로 몸을 기울여 그녀에게 담뱃불을 붙여 주었다……. 로제는 그들을 바라보았다. 폴의 심각한 옆얼굴을 향해 기울어진, 좀 지나치게 섬세해 보이는 시몽의 진지한 옆얼굴과 긴 실루엣을 보자 그의 안에서 경박한 웃음 같은 것이 치밀어 올랐다. 눈앞의 두 사람은 예의 바르고 지각 있고 교양이 풍부한 이들이었다. 남자는 여자에게 담뱃불을 붙여 주고, 여자는 남자에게 쉬이 몸을 허락하지 않는 것이다. 그 모든 일이 "고마워요."나 "고맙지만 됐어요." 같은 말들과 더불어 미묘하게 이루어지고 있지 않은가. 하지만 로제 자신은 그들과 다른 부류의 인간이었다. 진부하기 짝이 없는 쾌락과 더불어 어린 창녀가 그를 기다리고 있었다. 그녀 다음에는 파리의 밤과 수많은 만남이. 그리고 날이 밝으면 피로로 인해 녹초가 된 자신과 같은 부류의 사람들과 더불어 육체노동에 가까운 고된 일을 시작해야 했다. 그것이 그의 업(業)이었다. 바로 그때였다. 폴이 평소의 차분한 어조로 "고마워요."라고 말했다. 로제는 그녀의 손을 찾아 힘주어 잡음으로써 스스로에게 그녀의 존재를 환기시키지 않을 수 없었다. 그는 그녀를 사랑하고 있었다. 이 풋내기 청년이 연주회로, 전시회로 그녀를 데리고 다닌다 해도 그런 경지에 이를 수는 없으리라. 그는 자리에서 일어나 쟁반에서 위스키 한 잔을 집어 들어 단숨에 마셨다. 그러자 기분이 훨씬 좋아졌다.

디너파티는 그의 예상대로 진행되었다. 그는 몇 마디 투덜거린 다음 대화에 참여하려 애쓰다가는, 이윽고 반 덴 베시 부인의 질문을 받고서야 정신이 들었다. 부인은 그에게 과연 누가 'X'와 잤는지 알려 주고 싶은 것이 분명했다. 부인의 말에 로제는 자신은 그런 일에 대해 다른 사람의 식사 메뉴만큼만도 관심이 없다, 자신이 보기에 그런 건 전혀 중요하지 않다, 우리는 침대보다는 식탁에 관심을 기울이는 편이 낫다, 그 편이 문제를 덜 일으키게 될 것이다 하고 대답했다. 폴이 웃기 시작했다. 왜냐하면 그런 식으로 말함으로써 그는 그 디너파티의 대화 전체를 평가 절하해 버렸던 것이다. 시몽은 그녀를 따라 웃지 않을 수 없었다. 로제는 지나치게 많이 마셨다. 약간 비틀거리면서 자리에서 일어난 그는, 반 덴 베시 부인이 교태 어린 태도로 그를 바라보면서, 자기 옆으로 와서 앉으라며 자리를 두드리는 것을 보지 못했다.

"어머니께서 선생님을 보자고 하시는데요." 시몽이 말했다.

두 사람은 서로 마주 보고 섰다. 로제가 시몽을 바라보았다. 그는 시몽의 모습에서 물렁거리는 턱과 불분명한 입술 선을 막연히 기대했지만 그런 점들을 찾아낼 수 없었다. 그는 그 사실에 기분이 나빠졌다.

"그럼 폴은 당신을 보자고 하겠군?"

"그럼 가야죠."라고 말하며 시몽은 발길을 돌렸다.

로제가 그의 팔꿈치를 잡았다. 그는 갑자기 분노에 사로잡혔다. 청년이 놀란 표정으로 그를 바라보고 있었다.

"잠깐만……. 당신에게 하고 싶은 말이 있소."

그들은 서로를 응시했다. 이제 더 이상 할 말이 없다는 것을 두 사람 모두 의식하고 있었다. 로제는 자신의 행동에 놀랐고 시몽은 그런 상황이 즐거운 듯 미소를 지었다. 로제는 사태를 깨닫고 잡고 있던 팔을 놓았다.

"시가 한 대 갖다주었으면 하오."

"즉시 갖다드리죠."

로제는 눈으로 그를 좇았다. 이윽고 그는 한 무리의 사람들과 대화를 나누고 있는 폴에게 다가가 그녀의 팔을 잡았다. 폴이 그를 따라와 즉각 물었다.

"당신 시몽에게 뭐라고 했어?"

"시가 한 대 달라고 했어. 걱정되는 게 뭐야?"

"나도 몰라. 당신 몹시 화가 난 것 같던데?" 그녀가 한시름 놓은 듯한 태도로 대답했다.

"내가 왜 화가 나? 저 친군 열두 살이야. 내가 질투라도 할 것 같아?"

"아니."라고 대답하며 그녀는 시선을 내리깔았다.

"혹시 질투를 한다 해도 당신 왼쪽에 앉은 저 사람을 두고 하겠어. 적어도 저 사람은 성인 남자니까 말이야."

그녀는 로제가 누구를 말하는 것일까 하고 한순간 의아해하다가 누구인지를 깨닫고는 웃지 않을 수 없었다. 그녀가 눈길조차 주지 않은 남자였던 것이다. 그녀로서는 시몽이 그 디너파티 전체를 비춰 주고 있는 것 같았다. 시몽의 눈길이 등대처럼 이 분 간격으로 그녀의 얼굴에 머물며 혹시 그녀에게 틈이 나지 않는지를 살피고 있었다. 그녀도 이따금 그에게 눈길을 주었다. 그럴 때면 그는 미소를 지었는데, 그 미소가 너무나 애정과 갈망에 차 있는 나머지 그녀 또한 미소로 답하지 않을 수 없었다. 시몽은 그녀 왼쪽에 앉은 남자와는 비교도 할 수 없을 정도로 멋졌고 생기에 넘쳤다. 로제가 정말이지 뭘 모른다고 그녀는 생각했다. 이윽고 시몽이 다가와 로제에게 시가 상자를 내밀었다.

"고맙소." 로제가 말했다.(그는 조심스럽게 시가를 골랐다.) "당신은 이게 얼마나 좋은 시가인지 모를 거요. 이런 즐거움은 내 나이 정도 되는 남자에게만 허용되는 거니까 말이오."

"전 잠깐 실례하겠습니다. 시가 냄새가 정말 싫거든요." 시몽이 말했다.

"폴, 당신은 시가 냄새 괜찮지? 그건 그렇고 우리는 곧 돌아갈 거요." 그는 시몽에게 몸을 돌리며 말했다. "내일 일찍 일어나야 해서 말이오."

시몽은 '우리'라는 표현에 이의를 달지 않았다. '그러니까 이 사람은 그녀를 집 앞에 내려놓고 그 어린 창녀를 만나러 간다는 거군. 그리고 나는 여기서 더 이상 그녀를 볼 수 없게 되는 거고.' 시몽은 폴을 바라보았다. 그녀도 똑같은 생각을 하는 것 같았다. 시몽이 나직하게 말했다.

"혹시 폴이 피곤하지 않다면…… 제가 나중에 데려다드려도 좋습니다만."

로제와 시몽 두 사람 모두 폴에게로 몸을 돌렸다. 폴은 시몽에게 미소를 지어 보이고는 밤이 늦었으므로 자신도 돌아가는 게 좋겠다고 말했다.

차 안에서 로제와 폴은 한마디도 하지 않았다. 폴은 기다리고 있었다. 한창 즐기고 있던 파티에서 그녀를 끌어냈다면 적어도 어떤 설명이나 구실이 있어야 하리라. 로제는 그녀의 집 앞에서 차를 세우긴 했지만, 시동을 끄지는 않았다……. 순간 그녀는 로제가 아무 말도 하지 않으리라는 것, 자기 집까지 올라오지 않으리라는 것, 이 모든 것이 그가 기득권자로서 갖고 있는 것을 잃을까 봐 취한 조심스런 행동일 뿐이었다는 것을 깨달았다. 폴은 차에서 내린 다음 나직하게 "잘 가."라고 인사하고는 길을 건넜다. 로제는 즉각 차를 출발시켰다. 그는 스스로가 원망스러웠다.

한편 그녀의 집 앞에는 시몽의 차가 서 있었고 그 안에는 시몽이 타고 있었다. 시몽이 그녀를 소리쳐 부르자, 그녀가 깜짝 놀라 다가갔다.

"어떻게 된 거예요? 미친 듯이 차를 몰았군요. 당신 어머니의 파티는 어쩌고요?"

"잠깐 앉으세요." 그가 청했다.

누군가 자신들의 말을 엿듣기라도 할 것처럼 그들은 어둠 속에서 소리 죽여 말하고 있었다. 폴은 그 작은 차에 노련하게 올라타고는, 자신이 이제 그 자동차에 익숙해졌음을, 또한 자기 쪽을 향하고 있는, 자부심으로 가득한 그 얼굴에도 익숙해졌음을 깨달았다. 가로등 불빛이 그 얼굴을 둘로 갈라 놓고 있었다.

"너무 귀찮게 하고 있는 건 아니죠?" 그가 물었다.

"천만에요……. 나는……."

그가 가까이, 너무 가까이에 있다고 그녀는 생각했다. 대화를 나누기에는 늦은 시각이었다. 그는 자신을 따라오지 말았어야 했다. 로제가 그를 보았을 수도 있었다. 모든 것이 제정신이 아니었다……. 그녀는 시몽에게 키스했다.

겨울바람이 거리로부터 자동차 안으로 불어와 두 사람의 머리카락을 헝클어뜨렸다. 시몽은 그녀의 얼굴을 키스로 뒤덮었다. 그녀는 정신을 차리지 못한 채 젊은 사내의 그 체취, 그 헐떡임, 그리고 차가운 밤공기를 들이마셨다. 그런 다음 말없이 자리를 떴다.

새벽녘, 반쯤 잠에서 깬 그녀는 꿈을 꾸는 듯한 기분으로, 세찬 밤바람 때문에 자신의 머리카락과 뒤섞인 채, 부드러운 장벽인 양 두 얼굴 사이에 놓여 있던 시몽의 검은 머리카락을 떠올렸다. 그리고 너무나 뜨거웠던 그 입술이 계속해서 자신의 온몸에 와 닿는 것처럼 느껴졌다. 그녀는 미소를 지으며 다시 잠 속으로 빠져들었다.

11장

시몽이 폴을 만나지 못한 지 이제 열흘이 지났다. 그녀가 그에게 키스했던, 애정에 넘치던 그 미친 듯한 밤 바로 다음 날 그는 그녀에게서 전갈을 받았다. 자신을 만나려고 애쓰지 말라는 단호한 내용이었다. '나는 당신을 힘들게 할 거예요. 당신에게 강한 애착을 갖고 있거든요.' 그녀가 두려워하는 것은 그가 아니라 그녀 자신이라는 것을 시몽은 이해하지 못했다. 그는 폴이 자기를 동정한다고 여겼다. 그는 그 사실에 분개하지도 않은 채 그녀 없이 살아갈 수 있는 좋은 방법을 생각해 내려 애썼다. '나는 당신을 무척 힘들게 할 것이고, 그건 경솔한 짓이다.' 운운하는 형식적인 신중함이 종종 그 직전이나 직후에 벌어진 사건을 암시한다는 것, 그런 신중함은 대개 낙심에서 나온 것이라는 생각은 그의 머릿속에 떠오르지 않았다. 폴 역시 그것을 깨닫지 못했다. 그녀는 두려움에 사로잡혔고, 이제는 무의식적으로 그가 자신을 보러 와 주기를, 자신이 그의 사랑을 받아들이지 않을 수 없게 되기를 바라고 있었다. 그녀는 더 이상 견딜 수 없었다. 겨울의 단조로운 나날, 고독한 그녀 앞에 끝없이 펼쳐진 집과 상점 사이의 똑같은 길들, 로제 아닌 다른 이의 목소리가 들려올 때마다 수치심과 더불어 수화기를 든 것을 후회하게 만드는, 지독히도 배신감을 느끼게 하는 전화, 그리고 영영 되찾을 길 없는 긴 여름에 대한 향수, 그 모든 것이 어떤 대가를 치르더라도 '무슨 일인가 일어나야 한다.'라는 절박감과 더불어 그녀를 무력하고 수동적으로 만들었다.

시몽은 일에 몰두했다. 그는 정확하고 부지런하고 과묵하게 처신했다. 때때로 고개를 들고 공허한 눈길로 알리스 부인을 응시하면서 손가락으로 자신의 입술을 쓸곤 할 뿐이었다……. 폴, 그 마지막 날 밤, 그의 입술에 자신의 입술을 포개던 그녀의 독선에 가까운 돌발적인 행동, 뒤로 젖혀진 그의 머리, 그의 얼굴을 부드럽게 감싸던 그녀의 두 손, 그리고 바람……. 그의 눈길에 어색해진 알리스 부인이 잔기침을 하자, 시몽은 가볍게 미소를 지어 보였다. 폴의 그런 행동은 홧김에 나온 것일 뿐이리라. 그다음 그는 그녀의 뒤를 따라갔어야 했던 것은 아닐까? 그러지 않았던 것이 잘못은 아닐까? 그는 그들이 차를 타고 마지막으로 갔던 소풍, 너무나 지루해서 중간에 빠져나왔던 전시회, 어머니의 집에서 열린 그 끔찍했던 디너파티 같은, 지난 몇 주 동안 벌어진 여러 사건들의 장면 하나하나를 열 번, 스무 번 돌이켜 생각해 보았다. 그러자 장면 하나하나가 되살아났고, 이랬으면 어땠을까 저랬으면 어땠을까 하는 가정 하나하나가 그를 더욱 고통스럽게 했다. 하지만 그러는 가운데 날이 갔고, 그는 그 시간을 모았다. 아니, 그는 삶을 잃어버렸다. 그는 더 이상 자신이 어떤 상태인지 알 수 없었다.

어느 날 밤 그는 한 친구와 어둑한 층계를 내려가 낯선 나이트클럽 안으로 들어갔다. 그들은 술을 많이 마셨지만, 또다시 마실 것을 주문했고, 또다시 슬퍼졌다. 이윽고 흑인 여자 하나가 나와서 노래를 불렀다. 두꺼운 분홍빛 입술을 가진 그 여자로 인해 수많은 향수의 문이 열리고 절박한 감상에 불이 붙었다. 그들은 함께 그 속으로 빠져들었다.

"난 내 인생의 이 년 정도를 사랑에 바치겠어." 친구가 말했다.

"난 바로 지금 그런 사랑을 하고 있어. 하지만 그녀는 내가 자신을 사랑했다는 걸 영영 알지 못할 거야. 영원히." 시몽이 말했다. 그는 그 어떤 논평도 거부했지만, 혹시 논평을 듣는다 해도 아무것도 잃은 것이 없고 잃을 수도 없는 것처럼 여겨졌다. 그의 안에서 넘쳐흐르는 이 감정의 파도가 도대체 무슨 소용이 있단 말인가! 그들은 그 여가수에게 술을 한잔 샀다. 여자는 실제로는 피갈 출신이었지만 뉴올리언스[3] 출신이기라도 한 것처럼 재즈풍으로 다시 노래를 시작해 시몽의 몽롱해진 머릿속에 푸르스름하고 감미로운 현실을 떠올려 주었

3) 재즈의 고향이라 불리는 미국 남부의 항구 도시.

다. 내밀어진 손들과 옆얼굴들로 가득 찬 또 다른 현실을. 시몽은 그녀의 노래를 들으며 혼자 아주 늦게까지 그곳에 있다가 새벽녘 술이 깨자 집으로 돌아갔다.

* * *

이튿날 저녁 6시, 시몽은 폴의 상점 앞에서 그녀를 기다렸다. 비가 내리고 있었다. 그는 손이 떨리는 것이 신경 쓰여 두 손을 주머니에 찔러 넣었다. 기묘하고 공허하고 무기력한 기분이었다. '맙소사. 이렇게 괴로워하는 것보다는 그녀와 대면하는 편이 낫지 않을까?' 하고 생각하며 그는 넌더리가 난다는 듯 얼굴을 찌푸렸다.

6시 30분, 폴이 밖으로 나왔다. 짙은 빛깔 정장에 눈동자 색깔과 같은 회청색 머플러를 두른 그녀는 지친 모습이었다. 시몽이 한 걸음 다가가자 그녀는 미소를 지었다. 그는 즉각 평온하고 그윽한 기쁨에 휩싸여 두 눈을 감았다. 그는 그녀를 사랑하고 있었다. 어떤 일이 일어나더라도, 설사 그 일이 그녀를 통해 일어난다 하더라도 그에게는 잃을 것이 없었다. 폴은 눈 감은 그의 얼굴과 긴장한 그의 손을 보고 걸음을 멈추었다. 사실 지난 열흘 동안 그녀는 가슴 아프도록 그가 그립지 않았던가. 끊임없는 그의 존재감, 그의 감탄, 그의 집요함으로 인해 감각상의 습관 같은 것이 만들어져, 어떤 이유로도 그로부터 벗어날 수 없을 것 같지 않았던가. 하지만 그녀 쪽으로 향해 있는 그의 얼굴은 그런 습관과도, 서른아홉 살 난 여자의 정신적 만족과도 전혀 상관이 없었다. 전혀 다른 것이었다. 잿빛 보도, 행인들, 주위의 자동차들이 그녀에게는 문득 구체적인 시대에 속하지 않는, 양식화되고 고정된 배경처럼 여겨졌다. 그들은 이 미터 정도 간격을 두고 서로를 바라보았다. 그녀가 다시 음울하고 시끄러운 현실 속의 거리로 돌아오기 전에, 의식 가장자리에서 깨어 망을 보고 있는 동안, 시몽은 한 걸음 내딛어 그녀를 품에 안았다.

그는 숨을 멈추고 그녀를 가만히 안았을 뿐 힘주어 껴안지는 않았다. 그런데도 커다란 평화가 그를 감쌌다. 그녀의 머리카락에 뺨을 댄 채 그는 눈앞에 있는 '시간의 보고'라는 서점 간판을 똑바로 보면서, 그 서점에 얼마나 많은 보물과 얼마나 많은 쓰레기가 있을까 막연하게 자문했다. 동시에 그는 바로 그 순간 그렇게 얼토당토않은 질문을 하고 있는 스스로에게 놀랐다. 그는 마침내 하나의 문제를 푼 것 같은 느낌이 들었다.

"시몽. 언제부터 와 있었어요? 흠뻑 젖었겠군요." 폴이 말했다.

시몽의 재킷 냄새와 목의 체취를 맡자 그녀는 그 자리에서 꼼짝도 하고 싶지 않았다. 돌아온 그를 보고 그녀는 해방감과 흡사한, 예기치 않은 안도감이 들었다.

"저는 정말이지 당신 없이는 못 살겠어요. 그동안 저는 공허 속에서 왔다 갔다 했을 뿐이에요. 권태를 느낄 수조차 없었어요. 저 자신을 박탈당해 버렸어요. 당신은요?"

"나는 말이죠. 오! 요즈음 파리에는 그다지 재미있는 일이 없어요.(그녀는 평상시와 같은 어조를 유지하려 애썼다.) 나는 새로운 전시회를 보고, 일을 하고, 미국인 둘을 만났지요. 내가 뉴욕에 가는 문제로……." 폴이 대답했다.

동시에 그녀는 열정에 찬 연인처럼 비를 맞고 서서 청년의 품속에 안겨 있는 상황에서 그런 어조로 이야기하려 애쓰는 게 부질없다고 생각했지만 몸을 움직일 수가 없었다. 그녀의 말 사이사이에 시몽의 입술이 그녀의 관자놀이와 머리카락과 뺨에 부드럽게 와 닿았다. 폴은 말을 멈추고 시몽의 어깨에 이마를 좀 더 밀착시켰다.

"뉴욕에 가고 싶어요?" 그녀의 머리 위에서 시몽의 목소리가 들려왔다.

시몽이 말하고 있는 동안 그녀는 자기 머리 위에서 그의 턱이 움직이는 것을 느낄 수 있었다. 그러자 초등학생처럼 깔깔거리고 싶은 기분이 들었다.

"미국에 가는 건 분명히 흥미로운 경험일 거예요. 안 그래요? 나는 아직 가 본 적이 없어요."

"저도 못 가 봤어요. 어머니는 그곳이 끔찍하다고 하셨지요. 하지만 어머닌 어디가 됐든 여행을 싫어하시거든요!" 시몽이 말했다.

그는 자기 어머니에 관해, 여행 취미에 관해, 미국에 관해, 러시아에 관해 몇 시간 동안 계속해서 이야기할 수 있을 것 같았다. 그는 그녀와의 수많은 공통점을 시시콜콜 편안하게 들려주고 싶었다. 그녀를 깜짝 놀라게 한다거나 매혹시키고 싶다는 생각은 더 이상 들지 않았다. 그는 기분이 좋았고 자신에 대한 확신과 동시에 상처받을지도 모른다는 불안을 느꼈다. 그녀를 제대로 껴안으려면 집으로 데려가야 했지만 그는 그녀를 안고 있는 팔을 차마 풀 수가 없었다.

"생각해 봐야겠네요." 폴이 말했다.

그러면서 그녀는 자신이 생각해 봐야겠다는 것이 그에 관해서인지 아니면 여행에 관해서인지 자문했다. 그녀는 고개를 들어 자신과 얼굴을 맞대고 있는, 아직 어린 티가 가시지 않은 그 얼굴을 바라보기가 두려웠다. 그녀는 자기 자신을, 사려 깊고 단호한 폴을 다시 대하기가 두려웠다. 스스로의 행동에 대해 판단하기가 두려웠다.

"시몽." 그녀가 나지막하게 그의 이름을 불렀다.

시몽은 몸을 앞으로 기울이고 그녀의 입술에 부드럽게 키스했다. 그들은 두 눈을 뜨고 있었지만, 그들이 서로에게서 볼 수 있었던 것은 겁에 질린 듯 떨리는 동공, 빛과 어둠으로 채워져 반짝거리는 서로의 눈동자뿐이었다.

이틀 후 그들은 함께 저녁 식사를 했다. 폴이 들려준 몇 마디 말만으로도 시몽은 지난 열흘 동안 그녀에게 어떤 일이 있었는지 충분히 알 수 있었다. 로제의 무관심, 시몽에 대한 그의 빈정거림, 그녀의 외로움 같은 것들을. 폴은 이 공백 기간 동안 로제를 되찾고자 애썼다. 적어도 다시 로제와 만나, 다시 그와 화합할 수 있기를 바랐다. 하지만 그녀는 흥분한 어린아이 같은 로제를 발견했을 뿐이었다. 자신을 낮추는 그녀의 노력은 감동적이었다. 로제가 즐기는 저녁 식사, 그가 좋아하는 드레스, 그가 유쾌해하는 대화 주제 같은, 우스꽝스러운 방법처럼 보이지만 지적인 여성이 활용한다면 그 무엇보다 효과적일 것이라고 여성지에서 추천하는 온갖 방법들이 이번에는 전혀 소용이 없었다. 그녀는 자신이 그런 방법을 동원했다는 사실에 모욕감을 느끼지 않았다. 그녀 자신의 입술을 타게 만드는, "로제, 당신의 잘못이 날 불행하게 만들고 있어.", "로제, 이대로는 안 되겠어." 같은 말들을 교묘한 조명이나 연한 양고기로 대체하는 것을 수치스러워하지 않았다. 그것은 대대로 내려오는 여성 특유의 반사적 반응이라고 할 수도 없었고 쓰디쓴 체념에서 나온 결과도 아니었다. 그랬다, 그것은 차라리 '그들 두 사람'에 대한, 그들이 함께했던 시간에 대한 일종의 가학 행위인 셈이었다. 두 사람 중 하나가 자리에서 벌떡 일어나서는 "이제 이만하면 충분해."라고 외쳤어야 했다. 그녀는 그녀 자신이나 로제에게서 그런 반응이 나오기를 거의 절박한 마음으로 기다리고 있었다. 하지만 그런 일은 일어나지 않았다. 아마도, 그들 사이의 무엇인가가 죽어 버린 모양이었다.

그런 계산과 헛된 희망 속에서 열흘을 보낸 그녀로서는 시몽에게 설복당하는 것밖에 다른 방법이 없었다. 시몽은 전화로는 말을 더듬으면서도, 직접 얼굴을 대하면 "저는 행복해요. 당신을 사랑해요."라고 당당하게 말하곤 했다. 시몽이 그녀에게 가져다준 것은 완벽한 어떤 것, 적어도 어떤 것의 완벽한 절반이었다. 이런 일은 혼자가 아니라 둘이어야 완벽하다는 것을 그녀는 충분히 알고 있었다. 그런데 그녀는 오래전부터 줄곧 앞장서는 입장, 대개 혼자 애쓰는 입장이 되어 있었고, 이제 그 일에 지쳐 있었다. 그 자신에 대해 말하면서, 시몽은 사랑은 하는 게 중요한 게 아니라 받는 게 중요하다고 말했다. 그녀에게는 그 말이 유난히 특이하게 여겨졌다. 그녀는 자신이 개입된 이 연애의 초입에서, 예를 들어 로제와의 교제 초기에 있었던 흥분과 약동 대신 발끝까지 휘감은 거대하고 나른한 권태를 느꼈다. 모두들 나에게 분위기를 바꿔 보라고 했지만 실제로는 애인을 바꾸게 되는군 하고 그녀는 서글프게 생각했다. 덜 성가시고 더 파리지앵답고 너무나 자주 만나 주는 애인으로……. 그녀는 거울 속에서 자신의 모습을 볼 때면 고개를 돌려 버리거나 얼굴을 콜드크림으로 덮어 버렸다. 하지만 그날 밤 초인종 소리를 듣고 시몽에게 문을 열어 주었을 때, 그의 짙은 색 넥타이와 불안이 감도는 눈빛과 그토록 삶에 응석을 부리고도 더 받을 게 있다는 듯 몸 전체에서 풍기는 커다란 환희와 난처해하는 태도를 보았을 때에는 그의 행복을, 자신이 그에게 준 행복을 공유하고 싶었다. "여기 내 몸이 있어요. 내 열정과 애정이 있어요. 이것은 내게는 아무 소용이 없지만 당신에게 준다면, 나로 하여금 다시 사는 맛을 느끼게 해 줄지도 모르죠." 그날 밤 그는 그녀의 어깨에 기댄 채 그녀 곁을 떠나지 않았다.

많은 사람들이, 특히 자신의 친구들이 어조를 달리해 "혹시 사실이야, 폴?"이라고 하며 이 일에 대해 물어 올 것이라고 폴은 생각했다. 사람들의 험담이나 앞으로 강조되어 드러날 시몽과의 나이 차에 대한 두려움 이상으로 그녀의 마음을 무겁게 하는 것은 모욕감이었다. 사람들이 얼마나 신이 나서 떠들어 댈까. 그녀 자신은 스스로가 늙고 지쳤다고 생각되어 약간의 위안을 얻으려는 것뿐인데, 그들은 그녀가 젊은 남자나 좋아한다며 요란스럽게 입방아를 찧어 대리라. 사람들이 자신에게 입에 발린 말을 하는 동시에 잔인해질 수 있다고 생각하자 그녀는 구역질이 났다. 그런 경우를 수없이 보아 오지 않았던가. 로제에게 배신당하자 그녀는 "가엾은 폴."이라고 불리는 한편 "지독히도 독립적인 여자."라는 말도 들었다. 그녀가 젊고 미남이지만 지루하기 짝이 없는 남편 곁을 떠났을 때에도 사람들은 비난과 험담을 늘어놓았다. 하지만 이번에 야기될, 경멸과 시샘이 뒤섞인 그들의 반응은 이제까지와는 전혀 다른 것이리라.

12장

폴은 눈치채지 못했지만 그들이 처음으로 함께 밤을 보낸 날 시몽은 잠을 이루지 못했다. 그는 그녀의 몸에 몸을 붙이고, 그녀의 허리에 살짝 잡힌 주름 위에 한쪽 손을 올려놓고, 그녀의 고른 숨소리에 자신의 숨소리를 맞추면서 가만히 누워 있었다. '자는 체하려면 애정이 지나치든가 권태가 지나치든가 해야겠군.' 하고 그는 막연하게 생각했다. 이제까지 권태가 지나친 쪽의 경험만을 해 온 그는 자신에게 순수한 열정을 기울여 준 숫처녀에게보다 잠든 폴에 대해 더 큰 책임감을 느꼈다. 두 사람은 그렇게 조심스럽고 감동되어 각자 자고 있는 체하며 상대가 깰까 봐 꼼짝도 하지 않은 채 몸을 맞대고 서로를 지켜보며 밤을 지새웠다.

시몽은 행복했다. 그는 자신보다 열네 살 연상인 폴에게 열

여섯 살짜리 여자아이에게보다 더 큰 책임감을 느꼈다. 폴의 호의로 인한 감동에서 벗어나지 못한 채, 생전 처음으로 그런 포옹에서 선물이라는 인상을 받은 그로서는 그날 밤을 뜬눈으로 지새우는 것이 당연하게 느껴졌다. 앞으로 언젠가 자신이 저지를지도 모르는 잘못으로부터 미리 그녀를 보호하려는 듯 그는 뜬눈으로 밤을 지새우면서 과거의 어리석은 사건들과 그 자신의 비겁함과 두려움과 갑작스러운 권태감과 나약함에 맞서 그녀를 지키기 위해 보초를 섰다. 그녀를 행복하게 해 주고 자신도 행복해지리라. 그는 훨씬 요란하게 여자의 마음을 사려고 애쓰던 때에도 이런 종류의 맹세를 해 본 적이 없다는 사실을 깨닫고 놀랐다. 그리하여 아침이 오자 그들은 막 잠에서 깨어난 척 차례로 하품을 하고 조용히 기지개를 켰다. 하지만 둘이 동시에 그러지는 않았다. 시몽이 돌아눕거나 팔꿈치를 괴고 몸을 일으키면, 폴은 관계 후 나누는 첫 눈길, 그 어떤 동작보다도 통속적이고 결정적인 그 눈길이 두려워 본능적으로 이불 속을 파고들었다. 참다못해 그녀가 먼저 몸을 움직였을 때, 시몽은 신경을 곤두세운 채 두 눈을 감고 밤 동안 함께했던 행복감이 너무 빨리 스러져 버리지는 않을까 두려워하며 숨을 참고 있었다. 마침내 폴은 커튼을 통해 들어오는 희미한 빛 속에서 눈을 반쯤 뜨고 자신을 바라보고 있는 그를 보았다. 그녀는 그에게로 몸을 돌린 채 움직이지 않았다. 그녀는 자신을 늙고 추하게 느꼈다. 그녀는 그가 자신을 제대로 볼 수 있도록 하기 위해, 최소한 지금 막 잠에서 깼다는 것을 확실히 해 두기 위해 그를 똑바로 응시했다. 시몽은 눈을 반쯤 감고 미소를 지은 채 나직한 목소리로 그녀의 이름을 중얼거리며 그녀의 품을 파고들었다. 그녀는 또다시 이 일을 하룻밤의 불장난으로 치부하고자 몸을 빳빳하게 굳히고 "시몽." 하고 불렀다. 그러자 그는 그녀의 가슴에 머리를 묻고, 그녀의 팔오금과 어깨와 뺨에 부드럽게 키스하고, 그녀를 꼭 끌어안았다. "당신 꿈을 꿨어. 이제는 당신 꿈만 꿀 거야." 그녀는 다시 그를 껴안았다.

시몽은 그녀를 직장까지 데려다주고 싶다면서 그녀가 원한다면 길모퉁이에 내려 주겠노라고 말했다. 폴은 조금 서글픈 어조로 자신은 아무에게도 자기 행동을 보고할 필요가 없노라고 대답했다. 그들 사이에 잠시 침묵이 흘렀다. 그 침묵을 깬 것은 시몽이었다.

"6시 전에는 나올 수 없어? 나랑 점심 식사를 하면 어때?"

"그럴 시간 없어. 나는 나오지 않고 샌드위치를 먹을 거야."

"그럼 난 6시까지 뭘 하지?" 그가 투덜거리듯 말했다.

그녀는 그를 바라보았다. 그녀는 불안했다. 그들이 저녁 6시에 만나는 게 의무 사항이 아니라는 이야기를 그에게 할 수 있을까? 다른 한편, 매일 저녁 그가 작은 자동차에 탄 채 문 앞에서 조바심을 내며 자신을 기다려 주리라고 생각하자 그녀는 벅찬 행복감을 느꼈다……. 매일 저녁 누군가 나를 기다려 주다니. 저녁 8시에 기분이 내키면 방심한 태도로 전화나 걸어오는 대신……. 그녀는 미소를 지었다.

"내가 오늘 밤 저녁 식사 약속이 없다고 누가 그래?"

소매 단추를 힘들여 채우고 있던 시몽이 동작을 멈추었다.

잠시 후 시몽이 입을 열었다. "사실 그렇게 생각할 이유는 없네." 건조한 어조였다. 그는 로제를 떠올리고 있는 것이 분명했다! 지금 자신의 머릿속에는 로제뿐이었다. 원래 그의 것이었던 여자를 되찾아 갈 만반의 태세를 갖춘 로제가 그의 눈앞에 떠올랐다. 시몽은 두려웠다. 하지만 폴은 이제 로제가 그녀를 생각하고 있지 않다는 사실을 알고 있지 않은가. 시몽에게는 이 모든 것이 괴상하게 여겨졌다. 최소한 폴이 자신에게 관대하다면 좋을 텐데!

"오늘 저녁 약속 같은 건 없어. 이리 와. 내가 해 줄게." 그녀가 말했다.

그녀가 침대 위에 앉아 있었으므로, 그는 그녀 앞에 무릎을 꿇고 앉아 소맷부리가 수갑인 양 덜렁거리는 두 팔을 그녀에게 내밀었다. 젊은 청년의 매끄럽고 여윈 손목이었다. 소매단추를 채워 주던 폴은 문득 자신이 언젠가 똑같은 동작을 한 적이 있는 듯한 인상을 받았다. '이건 정말 연극 같군.' 하고 생각하면서도 그녀는 조그맣게 행복에 찬 웃음을 터뜨리며 시몽의 머리카락에 뺨을 갖다 댔다.

"그럼 난 6시까지 뭘 해야 하지?" 시몽이 고집스럽게 다시 말했다.

"나도 모르지……. 일하러 갈 거잖아."

"그럴 순 없어. 그러기엔 너무 행복한걸." 그가 말했다.

"그렇다고 일을 못 할 건 없잖아……!"

"난 그래. 게다가 이제 뭘 해야 할지 알겠어. 산책을 하면서 당신을 생각하고, 당신을 생각하면서 혼자 점심을 먹고, 그런 다음 6시가 되기를 기다릴 거야. 알다시피 난 패기에 찬 젊은 이는 아니거든."

"당신 상사는 뭐라고 할까?"

"모르지. 어째서 당신은 내가 미래를 준비하느라 현재를 망치기를 바라는 거지? 내가 관심 있는 건 오직 내 현재뿐인데 말이야. 그것만으로도 난 충분해."라고 대답하며 그는 요란하게 절하는 시늉을 했다.

폴은 어깨를 으쓱해 보였다. 이후 며칠 동안 시몽은 자신의 말대로 행동했다. 그는 차를 타고 파리 이곳저곳을 돌아다녔고, 만나는 사람에게마다 미소를 지어 보였으며, 한 시간에 열 차례 폴의 상점 앞을 지나갔고, 아무 데나 차를 세우고 책을 읽다가 때로는 두 눈을 감고 고개를 뒤로 젖히며 휴식을 취했다. 그는 행복한 몽유병자처럼 행동했고, 폴은 그런 모습에 감동해 그가 더욱 소중하게 여겨졌다. 그녀는 돌연 그런 일이 그녀 자신에게 거의 없어서는 안 될 것처럼 여겨지는 데 깜짝 놀랐다.

* * *

힘든 시기가 찾아와 로제는 열흘 전부터 출장 중이었다. 그는 하루는 여기서 또 하루는 저기서 사업상 저녁 식사를 했다. 그에게 있어서 그 북부 지방은 끝없이 펼쳐진 미끄러운 도로와 실내장식에 아무 특징이 없는 식당들로 대변되었다. 때때로 파리에 전화를 걸 때면 그는 교환수에게 두 개의 전화번

호를 요청했다. 우선 메지, 그러니까 마르셀의 불평을 들어 준 다음, 폴에게 불평을 늘어놓았다. 때로는 그 순서가 바뀌기도 했다. 그는 낙담해 있었고 무력감을 느꼈다. 그의 삶은 그 지방과 비슷했다. 달라진 폴의 목소리는 더욱 고통스럽고 더욱 멀게 느껴졌다. 그는 그녀를 만나고 싶었다. 그녀를 보지 못한 채 보름만 지나도 가슴 아플 정도로 그녀가 그립지 않았던가. 자신이 만나자고 하면 언제나 그녀가 만나 주리라는 것을 알고 있었던 만큼 파리에서는 만남의 간격을 띄우는 것이 가능했다. 하지만 이곳으로 떠나오자 그는 그녀를 정복하기 위해 전전긍긍하며 매달렸던 연애 초기처럼, 그녀를 잃지 않을까 하는 두려움에 휩싸였다. 출장 마지막 날, 그는 그녀에게 전화해 자신이 파리로 돌아간다고 알렸다. 그녀는 잠시 침묵한 다음 이윽고 단도직입적으로 말했다. "당신을 좀 만나야겠어." 단호한 태도였다. 그는 이유는 묻지 않고 다음 날 만나기로 약속을 잡았다.

한밤중 파리에 도착한 로제는 새벽 2시에 폴의 집 앞으로 갔다. 처음으로 그는 그녀의 집으로 올라가기를 주저했다. 자신의 그런 뜻밖의 출현에 그녀가 언제나처럼 행복에 겨워하면서도 애써 냉정을 지키는 표정을 지을지 확신할 수 없었던 것이다. 그는 두려웠다. 십 분 동안 거기 머물면서 그는 스스로에게 열없는 느낌이 들어서는, '그녀는 자고 있을 거야. 일을 너무 많이 해서 고단할 거야.' 등등의 궁색한 이유를 떠올리며 차를 출발시켰다. 자신의 집 앞에 이른 그는 또다시 망설였다. 그는 갑자기 차를 돌려 메지의 집으로 갔다. 여자는 자고 있다가 부어오른 얼굴을 내밀었다. '이 여잔, 만나지 않을 수 없다는 예의 그 제작자들과 밤늦도록 밖에서 어울렸던 모양이군……. 그리고 무척 즐거운 시간을 가졌어……. 바로 직전엔 내 꿈을 꿨겠지.' 그는 재빨리 옷을 벗고 여자의 교태에도 불구하고 즉각 잠 속으로 빠져들었다. 여자와 만난 이후 처음으로 그는 여자에게 욕망을 느낄 수 없었다. 새벽녘, 그는 기계적으로 섹스를 하고, 웃는 얼굴로 여자의 이야기를 들어 주고, 모든 것이 잘 돌아가고 있다고 판단했다. 그는 메지의 집에서 아침나절을 보낸 다음 폴과의 약속 시간 십 분 전에 그곳을 나섰다.

13장

"전화 한 통 해야겠어. 식사 후에 하면 너무 늦을 것 같아."

폴이 자리를 뜨는 순간 로제는 몸을 일으켰다. 폴은 자기 일로 그를 번거롭게 해야 할 때면 그에게 예의상 혹은 진심에서 으레 짓곤 하던 그 미소를 지어 보였다. 전화기를 향해 습한 층계를 내려가면서 그녀는 약간 짜증이 났다. 시몽과 있을 때와는 전혀 달랐다. 시몽은 몹시 열성적이고 즐거워하고 그녀를 배려할 채비가 되어 있었다. 그는 그녀에게 문을 열어 주고, 그녀의 담배에 불을 붙여 주고, 그녀의 사소한 욕구 하나하나를 채워 줄 태세가 되어 있었다. 이제 시몽은 그녀가 원하는 것을 그녀 자신보다도 미리 알아채곤 했는데, 그것은 의무라기보다는 배려에서 나온 행동이었다. 그날 아침 그녀는 집을 나오면서, 두 팔로 베개를 끌어안고 검은 머리카락을 흐트러뜨린 채 반쯤 잠들어 있는 그의 곁에, '정오에 전화할게.'라고 쓴 메모를 놓아 두었다. 하지만 정오에 로제를 만난 그녀는 이제야 그에게 양해를 구하고 게으른 젊은 연인에게 전화를 걸 참이었다. 로제가 사실을 눈치챘을까? 그는 기분이 좋지 않은 날이면 그랬듯이 근심스러운 표정으로 이마에 주름을 잡고 있었다. 그는 평소보다 더 늙어 보였다.

신호가 가자마자 시몽이 즉각 전화를 받았다. 그녀가 "여보세요."라고 하자 그는 웃기 시작했고 그녀도 따라 웃었다.

"일어났어?"

"11시부터 일어나 있었어. 지금 1시야. 전화국에 전화해서 전화가 고장이 아닌지 물어봤어."

"어째서?"

"당신이 정오에 전화하기로 했잖아. 어디야?"

"뤼지 식당이야. 이제 점심 식사를 할 참이야."

"아! 그래." 시몽이 말했다.

침묵이 흘렀다. 이윽고 그녀가 건조하게 덧붙였다.

"로제와 점심을 먹을 거야."

"아! 그래……."

"당신은 그 말밖에 할 줄 모르나 봐. '아! 그래…….'라고 말이야. 늦어도 2시 30분에는 상점으로 돌아갈 거야. 당신은 뭐해?" 그녀가 물었다.

"어머니 집에 가서 옷을 몇 벌 가져오려고 해." 시몽이 재빨리 대답했다. "그걸 당신 옷장 옷걸이에 걸어 놓고, 데스노스 기념관에 가서 당신 마음에 들 만한 수채화를 찾아볼 거야."

한순간 그녀는 터져 나오려는 웃음을 참았다. 전혀 관계없는 두 구절을 하나의 문장으로 만들다니, 정말이지 시몽다웠다.

"그런데 왜? 내 집에 당신 옷장을 만들려는 거야?"

그녀는 그를 만류하기 위해 좀 더 진지한 이유를 생각해 내려 애썼다. 하지만 어떤 이유를 댄단 말인가? 시몽은 그녀 곁을 떠난 적이 거의 없었고, 지금까지는 그녀도 그 사실을 나무란 적이 없지 않았던가…….

"그래. 당신 주위에 사람들이 너무 많아. 나는 경호원이 될 생각이고 그에 걸맞은 복장을 갖출 거야."

"나중에 다시 이야기하기로 해." 그녀가 말했다.

그녀는 그 전화에 한 시간이 걸린 것 같은 느낌이 들었다. 로제가 위층에서 혼자 기다리고 있었다. 그는 그녀에게 여러 가지를 물을 것이고, 그녀는 그를 앞에 두고 죄책감을 느끼지 않을 수 없으리라.

"사랑해."라고 말하며 시몽은 전화를 끊었다.

전화박스 밖으로 나오면서 그녀는 화장실의 거울 앞에서 기계적으로 머리에 빗질을 했다. 거울 속에는, 방금 누군가에게 "사랑해."라는 말을 들은 얼굴이 있었다.

로제는 칵테일을 마시고 있었다. 그가 낮술을 전혀 하지 않는다는 사실을 알고 있던 폴은 놀랐다.

"뭐가 잘 안 풀려?"

"왜 그렇게 묻지? 아! 이 드라이진 때문에? 아냐. 오늘 좀 피곤해서 그래."

"정말 오랜만에 보네." 그녀가 말했다. 약간 방심한 태도로 고개를 끄덕이는 그를 보자 그녀는 두 눈에 눈물이 차오르는 것을 느꼈다. 언젠가는 정말로 그렇게 되겠지. "이게 두 달 만에 보는 건가, 석 달 만에 보는 건가?"라고 말하면서 차분히 날수를 헤아리겠지. 부자연스러운 몸짓과 피곤한 얼굴, 좀 야비하고 강인해 보이지만 태도는 어린아이 같은 로제……. 그녀는 고개를 돌렸다. 그가 입은 잿빛 재킷은 낡은 것이었다. 그들이 처음 사귈 무렵에는 거의 새것과 다름없는 그 재킷이 그녀 방 의자 위에 걸쳐져 있지 않았던가. 그는 그 재킷을 무척 자랑스러워했다. 그가 옷맵시에 신경을 쓰는 경우는 아주 드물었다. 실제로 옷맵시가 나기에는 좀 뚱뚱한 편이었다.

"보름 만이네. 잘 지내?" 그녀가 차분히 물었다.

"응. 그럭저럭 지내."

그가 말을 멈추었다. 그는 그녀가 "일은 어때?"라고 물어 주기를 기다리고 있는 것이 분명했다. 하지만 그녀는 그렇게 묻지 않았다. 우선 그에게 시몽에 관한 이야기를 해야 했다. 그래야만 그가 자기 근황을 털어놓은 후 조롱당했다고 느끼지 않으리라.

"요즘 즐겁게 지내?" 그가 물었다.

그녀가 동작을 멈추었다. 관자놀이에서 박동 소리가 울렸고 가슴이 철렁 내려앉았다. 그녀의 귀에 대답하는 그녀 자신의 목소리가 들려왔다.

"응. 시몽을 다시 만났어. 자주 만나."

"아! 그 매력적인 청년 말이야? 여전히 당신한테 미쳐 있나?" 로제가 물었다.

그녀는 천천히 고개를 끄덕이고는 눈길을 들지 않은 채 한 번 더 끄덕였다.

"그게 그렇게 즐거워?" 로제가 물었다.

그녀는 고개를 들었다. 하지만 이번에는 로제가 그녀를 보지 않고 있었다. 그는 자몽을 먹는 일에 몰두하고 있었다. 그는 그녀가 무슨 말을 하려는지 알아챈 듯했다.

"응." 그녀가 대답했다.

"그냥 즐거운 거야? 아니면 즐거운 거 이상이야?"

이제 그들은 서로를 마주 보았다. 로제는 숟가락을 접시 위에 내려놓았다. 그의 입 주위에 파인 두 개의 기다란 주름과 검은 무리가 살짝 진 푸른색 두 눈과 굳어진 얼굴을 뜯어보며 그녀는 미칠 듯한 애정을 느꼈다.

"그 이상이야." 그녀가 대답했다.

로제의 손이 다시 숟가락을 찾아 들었다. 로제는 도대체 자몽을 제대로 먹을 줄 모른다고 폴은 생각했다. 시간이 멈춘 듯했고 귀에서 이명이 들리는 것 같았다.

"난 말할 게 별로 없어." 로제가 말했다.

그 말에 그녀는 그가 불행하게 지내고 있다는 것을 알았다. 행복하다면 그는 그녀를 비난했으리라. 하지만 눈앞의 그는 돌팔매질을 당한 사람 같았고, 마지막 돌을 던진 사람은 바로 그녀였다. 그녀가 나직하게 말했다.

"당신에게도 사정이 있었겠지."

"과거형으로 말하는군."

"당신을 편하게 해 주려고 그러는 거야, 로제. 내가 지금 여전히 모든 게 당신에게 달려 있다고 말하면 당신은 어떻게 대답하겠어?"

그는 아무 말도 하지 않고, 식탁보를 응시했다.

폴이 말을 이었다.

"당신은 스스로의 자유에 집착하고 있고 그걸 잃을까 봐 두렵다고 하겠지. 그러니까…… 요컨대 나를 되찾기 위해 필요한 노력을 하기에는 말이야."

"정말이지 난 이제 아무것도 모르겠어." 로제가 불쑥 말했다. "물론 당신이 떠난다는 생각만 해도 끔찍하긴 하지……. 적어도 그 친구에게 여자를 유혹하는 재주는 있나 보지?"

"이건 그런 재주와는 상관없는 일이야. 그는 나를 사랑하고 있어." 그녀가 대답했다.

그가 슬쩍 긴장을 푸는 것을 보고 그녀는 순간적으로 그가 증오스러웠다. 로제는 자신감을 되찾았다. 이 모든 것이 감정적인 위기일 뿐이고 그는 여전히 폴의 애인, 그녀의 진짜 애인, 그녀의 남자가 아닌가.

"하긴 나도 물론 분명히 그에게 관심을 갖고 있어."라고 그녀는 덧붙였다.

'내가 의도적으로 저 사람의 아픈 곳을 찌르는 건 이번이 처음이군.' 하고 그녀는 얼떨떨한 기분으로 생각했다.

"당신과 점심을 먹자고 하면서 한낱 풋내기 청년과의 불장난 이야기를 들을 줄은 생각 못 했어." 로제가 말했다.

"당신이 벌이는 어린 여자와의 불장난 이야기를 할 생각이었겠지." 폴이 즉각 응수했다.

“그게 훨씬 더 정상적이지.” 그가 이를 악물며 말했다.

폴은 몸을 떨었다. 그녀는 핸드백을 집어 들고 자리에서 일어났다.

“이제 내 나이 이야기가 나올 차례인가?”

“폴…….”

이번에는 로제가 자리에서 일어나 문까지 그녀를 따라왔다. 그녀는 두 눈에 눈물이 가득 차 앞이 보이지 않았다. 그는 그녀의 차까지 그녀를 따라왔다. 그녀는 시동을 걸려고 했으나 걸리지 않았다. 그는 차 문으로 손을 넣어 그녀가 깜빡 잊고 누르지 않은 스위치를 켜 주었다. 로제의 손……. 그녀는 흐트러진 얼굴을 그에게서 돌렸다.

“폴……. 당신도 알잖아……. 내가 비열했어. 날 용서해 줘. 생각 없이 한 말이라는 걸 당신도 알잖아.”

“알아. 나도 나빴어. 우리 한동안 만나지 않는 게 좋겠어.” 그녀가 말했다.

그는 어쩔 줄 몰라 하는 모습으로 그 자리에서 움직이지 않았다. 그녀는 그에게 살짝 미소를 지어 보였다.

“잘 가, 자기.”

그가 차 문을 향해 몸을 숙였다.

“내겐 당신밖에 없어, 폴.”

그녀는 그에게 눈물을 보이지 않으려고 재빨리 차를 출발시켰다. 눈물 때문에 시야가 흐릿했다. 그녀는 기계적으로 와이퍼를 작동시켰고 자신의 그런 행동에 어이없는 웃음이 터져 나왔다. 1시 30분이었다. 집으로 돌아가 마음을 진정시키고 화장을 고칠 시간은 충분했다. 그녀는 시몽이 집에서 나갔기를 바라는 동시에 혹시 나가고 없을까 봐 불안했다. 그녀는 아파트 건물 현관문 앞에서 그와 마주쳤다.

"폴……. 무슨 일이에요?"

너무도 놀란 나머지 시몽은 다시 그녀에게 높임말을 썼다. '내가 운 걸 보고 나를 가엾게 여기겠군.' 하고 생각하자 그녀는 더욱 눈물이 났다. 그녀는 대답하지 않았다. 승강기 안에서 그는 그녀를 얼싸안고 그만 울라고 달랜 다음, "그 자식을 죽여 버리겠어."라고 나직하게 내뱉었다. 그 말에 그녀는 웃음이 터져 나왔다.

"지금 내 얼굴 엉망일 거야."라고 말하며 그녀는 그런 표현을 책이나 영화에서 수없이 보고 들은 것 같은 느낌이 들었다.

집으로 들어온 그녀는 시몽과 나란히 소파에 앉아 그의 손을 잡았다.

"아무것도 묻지 마." 그녀가 말했다.

"오늘은 묻지 않겠어. 하지만 언젠가는 모든 걸 물을 거야. 조만간 말이야. 난 누구든 당신을 울리는 걸 참을 수가 없어. 그런 일만큼은 참을 수가 없다고." 시몽이 화가 나서 소리쳤다. "그런데 나는, 과연 나는 당신을 절대로 울리지 않을 수 있을까……?"

그녀는 그를 바라보았다. 남자들이란 정말이지 어쩔 수 없는 족속 아닌가.

"그럴 수 있겠어?"

"당신을 울리기보다는 차라리 나 자신이 고통받는 편이 나을 텐데."라고 말하며 시몽은 폴의 목에 얼굴을 묻었다.

그녀가 저녁에 집에 돌아왔을 때, 시몽은 위스키를 4분의 3병쯤 마신 상태였다. 그는 외출도 하지 않은 모양이었다. 그는 위엄을 보이려 몹시 애쓰면서 개인적인 걱정거리가 있다면서 존재의 어려움에 대해 힘들게 장광설을 늘어놓다가 그녀가 신발을 벗기는 동안 침대에서 잠이 들어 버렸다. 그녀는 그런 그가 측은하기도 하고 두렵기도 했다.

* * *

로제는 창가에 서서 새벽하늘을 바라보았다. 일드프랑스에 있는 민박집이었다. 그곳의 풍광은 지친 도시인들이 떠올리는 자연의 개념에 기묘하게도 꼭 들어맞았다. 고요한 언덕, 비옥한 밭, 그리고 광고판들이 길을 따라 늘어서 있었다. 하지만 날이 밝아 오는 이런 엄숙한 순간, 묵직하고 차가운 비 냄새와 더불어 그에게 절실한 것은 어린 시절 경험한 그 아득한 진짜 자연이었다. 그가 몸을 돌리며 말했다. "주말을 보내기엔 기막힌 날씨군." 하지만 마음속으로는, '멋지군. 나는 이 안개가 좋아. 혼자 있을 수 있다면 얼마나 좋을까.' 하는 생각을 하고 있었다. 따뜻한 침대 속에서 메지가 몸을 돌렸다.

"창문 좀 닫아 줘. 날씨가 추워." 그녀가 말했다.

그녀는 시트를 어깨까지 끌어당겼다. 몸은 나른한 행복감에 젖어 있었지만 이 낯선 곳에서 딴 데 정신이 팔린 듯 말이 없는 로제, 끝없이 펼쳐진 저 밭과 함께 하루를 보내야 한다는 끔찍한 생각에 그녀는 지레 질려 있었다……. 그녀는 비명이라도 지르고 싶었다.

"창문 좀 닫아 달라고 했잖아." 그녀가 건조하게 다시 말했다.

로제는 골루아즈 담배에 불을 붙였다. 그날의 첫 담배였다. 그런 다음 그는 불쾌한 동시에 감미로운 담배의 쓴맛을 음미했다. 등 뒤에서 메지가 그에게 적의를 키우는 것을 그는 초조한 기분으로 감지했다. '저 여자가 화가 난 나머지 튕겨지듯 자리에서 일어나 차를 타고 파리로 돌아가 버린다면 얼마나 좋을까! 그러면 함께 다닐 만한 길 잃은 개를 한 마리 찾아내 하루 종일 들판을 돌아다닐 텐데.' 그는 완전히 혼자가 되는 것은 두려웠던 것이다.

하지만 문을 닫아 달라는 말을 두 번째로 하고 난 뒤에도 메지는 망설이고 있었다. 창문 같은 건 잊어버리고 다시 잠이 들든가 아니면 진짜 싸움을 시작하든가 할 수 있었다. 잠에서 채 깨지 않은 그녀의 머릿속에서는, "난 추위에 떨고 있는 여자야. 그는 창문을 닫아 줘야 하는 남자고."라는 말들이 울려 대고 있었다. 동시에 그날 아주 이른 시각에 깨어난 본능을 통해, 지금은 로제를 자극하지 말아야 한다는 것을 감지할 수 있었다. 그녀는 타협안을 선택했다.

"창문 좀 닫고 아침 식사를 주문해 줘, 자기."

실망한 로제는 몸을 돌리고는 되는대로 말했다.

"'자기'라고? 그게 무슨 뜻인데? '자기'라니?"

그녀는 웃기 시작했다. 그가 말을 이었다.

"웃으라고 한 말이 아냐. '자기'라는 게 무슨 뜻인 줄이나 알아? 당신은 나를 당신 자신만큼 소중히 여기는 거야? '자기'라는 말에 다른 뜻이라도 있나?"

'이건 정말 좀 심하군.' 그는 자신의 말에 스스로도 놀라며 생각했다. '여자가 쓰는 말을 문제 삼기 시작하는 건 끝이 가까워졌다는 얘긴데.'

"도대체 왜 그래?" 메지가 물었다.

그녀는 거의 공포에 질린 얼굴을 침대 밖으로 내밀었다. 그는 그 얼굴이 우스꽝스러워 보였고 그 젖가슴에 더 이상 욕망을 느끼지 않았다. 천박했다. 여자는 천박했다!

"이건 아주 중요한 거야. 감정 말이야. 당신에게 난 스쳐 지나가는 존재일 뿐이야. 편리하고 일시적인 존재일 뿐이라고. 그러니 나를 '자기'라고 부르지 마. 특히 아침에는 말이야. 밤에는 아직 참고 넘어갈 수 있어!"

"하지만 로제, 난 당신을 사랑하는걸." 정말로 놀란 듯 메지가 반박했다.

"아! 그렇지 않아. 생각나는 대로 말하지 마."라고 소리치며 그는 거북함(그것이 사실이었으므로)과 안도감(이런 대화가 그들의 상황을 전형적인 것으로 만들어 주었고, 그로서는 성가신 사랑에 화를 내는 남자의 역할에 익숙했으므로)을 동시에 느꼈다.

그는 바지를 입고 스웨터를 걸친 다음 재킷을 두고 나가는 것을 아쉬워하며 밖으로 나왔다. 재킷을 가지러 가려면 침대를 한 바퀴 돌아야 했는데 그렇게 되면 한달음에 박차고 나올 수가 없었던 것이다. 밖으로 나온 그는 찬 공기를 들이마셨다. 현기증 같은 것이 일었다. 폴을 되찾지 못할지라도 그는 파리로 돌아가야 했다. 자동차는 싱그러운 길 위를 미끄러져 달릴 것이고 자신은 포르트 도르퇴유에서 조용하기 짝이 없는 일요일의 파리 거리를 바라보며 커피를 마시리라. 그는 민박집으로 돌아와 숙박비를 계산하고 도둑처럼 살그머니 그곳을 떠났다. 메지는 그의 재킷을 갖고 돌아올 것이고 그는 비서에게 꽃을 들려 그녀의 집에 가서 그것을 찾아오게 하리라. '나는 처세술에 약하니까 말이야.' 하고 그는 정색을 하며 생각했다.

그는 미간을 찌푸린 채 한동안 운전에 몰두했다가는 이윽고 라디오로 한 손을 뻗었다. 조금 전 일이 머릿속에 떠올랐다.

'상대를 자기 자신만큼 소중히 여기는 건 폴과 나의 경우지.' 하고 그는 생각했다. 그는 이제 더 이상 아무것도 하고 싶지 않았다. 사는 맛을 잃어버린 것이다.

14장

일주일이 지났다. 집에 있던 폴은 담배 연기가 목까지 들어오는 것을 느꼈다. 그녀가 거실의 창문을 열고 "시몽." 하고 불렀지만 대답이 없었다. 순간 그녀는 겁이 났고 그 상황에 놀랐다. 그녀는 거실을 가로질러 그의 방 안으로 들어갔다. 시몽은 셔츠 깃을 풀어 헤친 채 침대에 길게 누워 자고 있었다. 그녀가 다시 한번 이름을 불렀지만 그는 움직이지 않았다. 거실로 돌아온 그녀는 벽장문을 열고 위스키를 찾아냈다. 그녀는 병을 들었다가 혐오감으로 미간을 살짝 찌푸리며 다시 내려놓았다. 눈으로 술잔을 찾았으나 보이지 않자 그녀는 주방으로 갔다. 개수대 안에 씻어 놓은 잔에서 물방울이 똑똑 떨어지고 있었다. 그녀는 잠시 그 자리에 꼼짝도 하지 않고 서 있다가 이윽고 천천히 겉옷을 벗고는 욕실로 가서 화장을 고치고 조심스럽게 머리를 매만졌다. 다음 순간 그녀는 재빨리 머리빗을 내려놓으며, 외모에 약점이라도 있는 것처럼 단장에 신경을 쓰는 자신에게 반감을 느꼈다. 이건 분명히 시몽을 의식한 행위가 아닌가!

그의 방으로 돌아온 그녀는 그를 흔들어 깨우고 머리맡의 전등을 켰다. 그는 기지개를 켜고 그녀의 이름을 중얼거리며 벽을 등지고 돌아누웠다.

"시몽." 그녀가 건조한 어조로 그를 불렀다.

시몽이 몸을 돌리는 순간 폴은 자신의 머플러를 보았다. 그는 잠에 빠져들 때까지 그 안에 얼굴을 파묻고 있었던 것이 분명했다. 그의 그런 맹목적인 숭배를 그녀는 줄곧 놀려 대지 않았던가. 하지만 지금은 웃을 기분이 아니었다. 그녀는 차가운 분노가 엄습하는 것을 느꼈다. 그녀는 그의 고개를 전등 쪽으로 돌리게 했다. 그는 눈을 뜨고 미소를 짓다가는 즉각 표정이 굳어졌다.

"무슨 일이야?"

"당신한테 할 이야기가 있어."

"나도 알아."라고 대답하며 그는 침대에서 일어나 앉았다.

그녀는 그의 눈을 가리는 검은 머리카락을 반사적으로 쓸어 올려 주려다 말고 자리에서 일어나 창에 몸을 기댔다.

"시몽, 계속 이렇게 지낼 순 없어. 이런 이야기를 하는 것도 이번이 마지막이야. 당신은 일을 해야 해. 나 몰래 술만 마시고 있잖아."

"잔은 씻어 놨는걸. 당신은 어지르는 걸 몹시 싫어하잖아!"

"나는 어지르는 것도 싫고, 거짓말하는 것도 싫고, 게으른 것도 싫어." 그녀가 모질게 말했다. "나는 당신이 싫어지기 시작했어."

그가 일어섰다. 그녀는 그가 일그러진 얼굴로 그녀 뒤에 서 있는 것을 느꼈지만 일부러 몸을 돌리지 않았다.

"나도 느끼고 있었어. 당신이 더 이상 나를 참을 수 없어 한다는 걸 말이야. 사랑에서 무관심으로의 이행이 너무 빠르군, 안 그래?" 그가 물었다.

"이건 감정 문제가 아냐, 시몽. 문제는 당신이 술을 마신다는 것, 당신이 아무 일도 하지 않는다는 것, 당신이 바보가 되고 있다는 것이야. 당신한테 일을 하라고 이미 말했었잖아. 그 이야기를 수없이 했다고. 이번이 마지막이야."

"그럼 다음번에는?"

"다음번에는 더 이상 당신을 보지 않을 수도 있어." 그녀가 대답했다.

"당신은 그런 식으로 나를 떠날 수도 있겠군." 그가 생각에 잠긴 어조로 말했다.

"그래."

그녀는 그의 쪽으로 몸을 돌리고 입을 열었다.

"내 말 좀 들어 봐, 시몽……."

그는 다시 침대에 앉아 기묘한 표정으로 자신의 손을 들여다보았다. 그러더니 천천히 두 손을 들어 올려 얼굴을 가렸다. 그녀는 당황해서 가만히 서 있었다. 그는 울지도 않고 움직이지도 않았지만, 폴은 그렇게 완전히 절망에 빠진 사람을 본 적이 없었다. 그녀는 자신의 의도와는 다른 그런 위험에서 그를 끌어내려는 듯 나직하게 그의 이름을 부르며 그에게로 다가갔다. 그는 계속 얼굴을 가린 채였다. 침대 끝에 앉은 그의 몸이 가볍게 흔들렸다. 한순간 그녀는 그가 취해 있다고 여기고 흔들리는 그의 몸을 붙잡으려고 손을 내밀었다. 그러고는 그의 손을 얼굴에서 떼어 내려 했다. 그가 저항하자, 그녀는 그의 앞에 무릎을 꿇고 앉아 그의 손목을 잡았다.

"시몽, 날 좀 봐……. 시몽, 이런 연극은 그만둬."

그녀가 그의 얼굴에서 두 손을 떼어 내자, 그는 그녀를 바라보았다. 그의 매끈한 얼굴은 조각상처럼 공허한 시선을 담은 채 아무런 움직임이 없었다. 본능적으로 그녀는 자기 손을 그의 눈에 가져다 댔다.

"무슨 일이야? 시몽…… 말해 줘, 무슨 일인지……."

그는 몸을 좀 더 앞으로 숙이고는 몹시 지친 사람처럼 한숨을 내쉬며 그녀의 어깨에 고개를 얹었다.

"당신이 나를 사랑하지 않는다는 것뿐이야." 그가 차분하게 말했다. "내가 무슨 짓을 해도 소용없다는 것, 언젠가 당신이 나를 쫓아내리라는 것을 내가 처음부터 알고 있었다는 것뿐이야. 그런데도 몸을 웅크린 채, 때로는 희망을 품은 채 기다리고 있었다는 것뿐이라고……. 그게 가장 견디기 어려워. 때로는 희망을 품게 되는 게 말이야. 특히 밤에는 더 그래." 그의 목소리가 더욱 낮아졌다. 그녀는 얼굴이 붉어지는 것을 느꼈다. "그리고 오늘 드디어 일이 터졌어. 일주일 전부터 나는 알고 있었어. 이 세상의 위스키를 모조리 마신다 해도 내 마음을 안정시킬 수 없었지. 나는 당신이 조금씩 나를 증오하는 것을 느끼고 있었어. 그리고 이런 일이 터진 거야……. 폴, 다음 번에는 폴…….” 그가 말했다.

그녀는 두 눈에 눈물이 그렁그렁한 채 팔을 뻗어 그를 꼭 끌어안았다. 그를 안심시키려 애쓰는 그녀 자신의 목소리가 들려왔다. “시몽, 그런 생각을 하다니 당신은 미쳤어……. 당신은 정말 어린아이 같아……. 자기, 내 가엾은 자기…….” 그녀는 그의 이마와 두 뺨에 키스했고, 순간적으로 그런 자신이 마침내 모성의 경지에 이르렀노라고 생각했는데, 그것은 그녀 자신에게 잔인한 일이었다. 그럼에도 그녀 안의 무엇인가가 고집스럽게 지금 시몽이 느끼는 일반적이고 오래된 고통을 달래 주는 일에 만족해하고 있었다.

“당신은 지쳐 있어. 당신은 버림받은 남자 역할을 연기했지만, 그건 당신 자신의 상상의 소산일 뿐이야. 난 당신에게 애착을 느껴, 시몽. 몹시 집착하고 있다고. 요즘 일 때문에 생각이 딴 데 가 있었던 것뿐이야.” 그녀가 말했다.

“정말 그뿐이야? 내가 가 버리기를 바라는 게 아니고?”

“적어도 오늘은 아냐.” 그녀가 웃으며 대답했다. “내가 원하는 건 당신이 일을 하는 거야.”

“당신이 원하는 거라면 무엇이든 하겠어. 내 옆에 누워, 폴. 얼마나 겁이 났는지 몰라! 난 당신이 필요해. 내게 키스해 줘. 가만있어 봐. 난 이 복잡한 옷이 정말 싫어……. 폴…….”

사랑을 나눈 후 그녀는 움직이지 않았다. 기진맥진해진 시몽은 그녀의 몸에 몸을 붙인 채 부드럽게 숨을 쉬고 있었다.

그의 목덜미에 한 손을 올려놓으며 그녀는 어찌나 격렬하고 고통스러운 소유욕에 휩싸였던지 자신이 그를 사랑하고 있다고 믿었을 정도였다.

다음 날 시몽은 일을 하러 나갔다. 그는 상사와 그럭저럭 화해를 하고, 몇 가지 서류를 살펴보고, 폴에게 여섯 차례 전화를 걸고, 비로소 마음을 놓은 자기 어머니에게 돈을 빌린 다음, 저녁 8시 30분에 일에 지쳐 피곤한 모습으로 폴의 집으로 돌아왔다. 이런 의기양양한 귀가를 연출할 수 있다는 유일한 목적에 그는 돌아오기 직전 어떤 바에서 '421 게임'을 하면서 두 시간을 보냈다. 그는 게임 같은 건 정말이지 지루하다고, 앞으로 빈 시간을 때우는 데 몹시 힘이 들겠다고 혼자 생각했다.

15장

로제와 폴은 2월이 되면 함께 떠나 일주일 동안을 산에서 보내곤 했다. 두 사람의 감정 상태가 어떻든 간에(이즈음 문제되는 것은 로제의 경우뿐이었지만) 매년 겨울 그런 식으로 조용하게 지낼 수 있는 며칠을 확보하는 것은 그들 사이에 합의된 일이었다. 어느 날 아침 로제는 폴의 사무실로 전화를 걸었다. 그는 자신은 열흘 후에 출발할 것이라며 그녀의 티켓도 준비해야 하는지 물었다. 침묵이 흘렀다. 한순간 폴은 그가 이렇게 자신을 초대하는 동기가 무엇일까 두려운 마음으로 자문했다. 본능적으로 그녀가 필요하다고 느껴서든가, 회한에서든가, 아니면 시몽에게서 자신을 빼앗아 오기 위해서이리라. 아마도 첫 번째가 맞을 것이라고 그녀는 결론지었다. 로제가 무슨 말을 하든 간에 그곳에 머무는 동안 그녀 자신이 몹시 고통스러울 것임을 그녀는 잘 알고 있었다. 동시에 겁에 질린 그녀에게 자신을 뒤따르도록 하면서 생기 넘치는 모습으로 쏜살같이 산을 내려가던 로제의 모습을 떠올리자 가슴이 찢어지는 것 같았다.

"어떻게 할래?"

"난 못 갈 것 같아, 로제. 우리는…… 그러니까 머릿속으로는 딴생각을 하면서 겉으로는 아닌 체하게 될 거야."

"내가 떠나려는 건 아무것도 생각하지 않기 위해서인데? 장담하는데 나는 아무것도 생각하지 않을 수 있어. 나는 충분히 그럴 수 있다고."

"당신과 떠날 수도 있어. 만약 당신이……(그녀는 "만약 당신이 나만을, 우리만을 생각할 수 있다면."이라고 말하려다가 입을 다물었다.) 만약 당신이 나를 정말 필요로 한다면 말이야. 하지만 당신은 혼자 가도 상관없고, 아니면…… 나 아닌 다른 사람과 함께 가도 괜찮잖아."

"좋아. 그러니까 당신은 지금 파리를 떠나고 싶지 않다는 거군?"

'그는 시몽을 떠올리고 있는 거야.' 하고 그녀는 생각했다. '왜 다들 실상과 허상을 구별하지 못할까?' 동시에 그녀는 시몽의 존재가 그녀의 일상이 된 지 한 달이 지났음을 깨달았다. 그녀 마음속의 무엇인가가 즉각 반발해 로제의 말을 거절한 것은 아마도 시몽 때문이리라.

"당신 좋을 대로 생각해……." 그녀가 대답했다.

잠시 침묵이 흘렀다.

"폴, 요즘 당신 안색이 그리 좋지 않아. 피곤한 모양이야. 나와 같이 떠나지 않겠다면 따로라도 떠나. 당신에게 필요한 일이야."

그의 목소리는 부드럽고 서글펐다. 폴은 눈물이 차오르는 것을 느꼈다. 그랬다, 그녀에겐 그가 필요했다. 인색하게 겨우 열흘 동안 함께 지내자고 제안하는 대신 완벽하게 자신을 보호해 주었으면 싶었다. 그는 모든 것에, 심지어 남자의 이기심에도 한계라는 게 있다는 것을 알았어야 했다.

"그렇게 할게. 이 산봉우리에서 저 산봉우리로 서로에게 엽서나 보내자고." 그녀가 말했다.

그가 전화를 끊었다. 어쨌든 그는 그녀에게 도움을 청한 셈인데, 그녀가 그것을 거절한 것이다. 그녀가 그에게 품었던 그 잘난 사랑이 고작 이거란 말인가! 하지만 동시에 그녀는 자신의 행동이 옳았다는 것, 자신에게는 정당한 요구를 할 권리와 그로 인해 괴로워할 의무가 있다는 것을 막연하게 느꼈다. 어쨌든 그녀는 이제 열정적인 사랑을 받고 있는 여자가 아닌가. 이제까지 그녀는 시몽과 단둘이서 동네의 작은 식당들을 돌아다녔다. 하지만 그날 저녁 그녀가 집에 돌아왔을 때, 시몽은 말끔하게 손질한 머리에 짙은 색 양복을 차려입고 엄숙한 태도로 문턱에 서 있었다. 그렇게 차려입고 종일 자신을 기다린 그를 보며, 그녀는 용병의 몸에 호색한의 마음이군 하고 짓궂은 생각을 했다.

"정말 멋진걸! 무슨 일이야?" 그녀가 물었다.

"우리 외출하자. 근사한 데 가서 저녁을 먹고 춤도 추자. 여기서 달걀 두 개를 먹는 것도 좋지만 당신을 데리고 외출하고 싶어." 그가 말했다.

그는 그녀의 외투를 벗겼다. 그는 향수를 잔뜩 뿌린 모양이었다. 그녀의 침대 위에는 그녀가 이제까지 딱 두 번밖에 입지 않은, 노출 심한 이브닝드레스가 펼쳐져 있었다.

"난 이 옷이 좋아. 칵테일 한잔 할래?" 시몽이 물었다.

그녀가 좋아하는 칵테일이 준비되어 있었다. 폴은 어찌할 바를 몰라 침대 위에 앉았다. 자신은 꼭 산에서 내려와 세속의 파티에 가려는 사람 같지 않은가!

그녀는 그에게 미소를 지어 보였다.

"좋지? 적어도 피곤하지는 않지? 당신이 원한다면 즉각 이 옷을 벗어 버릴게. 그리고 그냥 집에 있자고."

그는 재킷을 벗는 시늉을 하며 침대 위에 한쪽 무릎을 올려놓았다. 그녀는 그에게 몸을 기대고 그의 셔츠 밑으로 한쪽 손을 넣어 손바닥을 그의 따뜻한 살에 갖다 댔다. 그는 정말이지 생기에 넘쳐 있었다.

"정말 좋은 생각인걸. 이 옷이 좋다고? 이 옷을 입으면 정신 나간 여자 같을 텐데." 그녀가 말했다.

"나는 당신이 몸을 드러내는 게 좋아. 당신 옷 중에서 이게 몸을 가장 많이 드러내는 거야. 내가 제대로 찾아냈지."

그녀는 그가 건네준 칵테일을 마셨다. 그를 만나기 전 그랬던 것처럼 그녀는 혼자 아파트로 들어와 좀 울적한 기분으로 책 한 권을 읽다가 잠자리에 들 수도 있었다. 하지만 그가 웃음을 터뜨리며 행복해하고 있지 않은가. 그녀도 그와 함께 웃음을 터뜨렸다. 그는 그녀에게 어떻게든 찰스턴 춤[4]을 가르쳐 주려 애쓰면서 그녀가 스무 살은 더 먹은 사람 같다며 그녀를 놀려 댔다. 춤을 추다가 카펫에 발이 걸린 그녀는 숨을 헐떡이며 그의 품에 쓰러졌다. 그는 그녀를 꼭 끌어안았다. 그녀는 로제와 눈[雪]과 회한 같은 것은 깡그리 잊은 채 깔깔거리고 웃었다. 그녀는 젊고 아름다웠다. 시몽을 방 밖으로 내보낸 다음 그녀는 요부처럼 화장을 하고 조금쯤 야한 그 드레스를 입었다. 시몽은 조바심을 내며 방문을 두드려 댔다. 그녀가 방 밖으로 나가자 그는 눈부신 듯이 그녀를 바라보고 그녀의 어깨에 키스를 퍼부어 댔다. 그는 술이 약한 그녀에게 두 잔째의 칵테일을 마시게 했다. 그녀는 행복했다. 너무나 행복했다.

나이트클럽 옆 테이블에서 그녀는 이따금 일 관계로 만나는, 몇 살 연상의 여자 둘을 만났다. 그들은 깜짝 놀란 듯한 표정으로 그녀에게 미소를 지어 보였다. 시몽이 그녀에게 춤을 청하려고 일어섰을 때, "저 여자, 지금 나이가 몇이지?"라고 소곤거리는 소리가 그녀의 귀에까지 들려왔다.

그녀는 시몽에게 몸을 기댔다. 모든 것이 망가지고 말았다. 드레스는 그녀의 나이에 어울리지 않았고, 시몽의 외모는 너무 눈에 띄었으며, 그녀의 삶은 지나치게 비상식적이었다. 그녀는 시몽에게 집으로 데려다달라고 말했다. 시몽은 반대하지 않았다. 그 역시 그 여자들의 말을 들은 모양이었다. 그녀는 집에 오자마자 드레스를 벗어 버렸다. 시몽은 악단에 대해 이

4) 1920년대 유럽에서 유행한 미국의 흑인춤.

야기하고 있었다. 그녀는 그를 자기 집으로 돌려보내고 싶었다. 그가 옷을 벗는 동안 그녀는 어둠 속에 누워 있었다. 칵테일 두 잔에다 샴페인을 마신 것이 잘못이었다. 내일 아침엔 얼굴이 엉망이 되리라. 그녀는 서글픔으로 머리가 어릿했다. 방으로 들어온 시몽이 침대 가장자리에 앉아 그녀의 이마에 손을 얹었다.

"오늘 밤은 안 되겠어, 시몽. 난 피곤해." 그녀가 말했다.

그는 대답 없이 가만히 앉아 움직이지 않았다. 욕실의 불빛에 그의 윤곽이 두드러져 보였다. 그는 고개를 약간 숙이고 생각에 잠겨 있는 것 같았다.

"폴, 당신한테 이야기를 좀 해야겠어." 이윽고 그가 말했다.

"늦었어. 난 졸려. 내일 해."

"아니, 지금 당장 해야 해. 그리고 당신은 내 이야기를 들어야 해." 그가 말했다.

그녀는 깜짝 놀라 두 눈을 떴다. 그가 그렇게 권위적으로 말한 것은 처음이었던 것이다.

"그 할망구들이 우리 뒤에서 하는 말, 나도 들었어. 그 말에 당신이 영향을 받는 걸 난 참을 수 없어. 그건 당신에게 어울리지 않아. 그건 어리석고 나를 상처 입히는 일이야."

"하지만, 시몽. 별거 아닌 걸 문제 삼는 것 같은데……."

"나는 그걸 문제 삼고 있는 게 아냐. 오히려 당신이 그것을 문제 삼지 않게 하려는 거야. 당신은 당연히 내게 그런 일을 감추고 싶겠지. 하지만 내게 그런 걸 감출 필요가 없어. 나는 어린애가 아냐, 폴. 내게는 당신을 이해할 능력도, 당신을 도울

능력도 있어. 알다시피 난 지금 당신과 함께 있어서 무척 행복해. 하지만 내가 바라는 건 그 이상이야. 난 당신도 나와 함께 있어서 행복했으면 좋겠어. 지금 당신은 행복해지기에는 지나치게 로제에게 집착하고 있어. 당신은 우리의 사랑을 우연한 것이 아니라 확실한 그 무엇으로 받아들여야 해. 내가 그렇게 만들 수 있도록 도와줘야 한다고. 이게 내가 하고 싶은 말이야."

그는 힘들여서 침착하고 차분하게 말하고 있었다. 폴은 경이와 희망에 차서 그의 말을 들었다. 그녀는 그가 별생각 없이 지내고 있다고 여겼지만 실제로는 그렇지 않았던 것이다. 그녀가 완전히 새로 시작할 수 있다고 그는 믿고 있었다. 어쩌면, 그럴 수 있지 않을까……?

"알다시피 나는 경솔한 사람이 아냐. 나는 스물다섯 살이야. 당신보다 먼저 세상을 살진 않았지만, 앞으로 당신이 없는 세상에선 살고 싶지 않아. 당신은 내 인생의 여인이고, 무엇보다도 내게 필요한 사람이야. 나는 알아. 당신이 원한다면 내일이라도 당신과 결혼하겠어."

"난 서른아홉 살이야." 그녀가 말했다.

"삶은 여성지 같은 것도 아니고 낡은 경험 더미도 아니야. 당신은 나보다 열네 해를 더 살았지만, 나는 현재 당신을 사랑하고 있고, 앞으로도 아주 오랫동안 당신을 사랑할 거야. 그뿐이야. 나는 당신이 자신을 천박한 수준, 이를테면 그 심술쟁이 할망구들의 수준으로 비하시키는 것을 참을 수가 없어. 지금 우리의 문제는 로제뿐이야. 다른 건 문제 되지 않아."

“시몽, 정말 미안해……. 그러니까, 내가 그렇게 생각했던 것 말이야.” 그녀가 말했다.

“당신은 내게도 생각이라는 게 있다는 걸 몰랐을 뿐이야. 이제 좀 옆으로 가 줘.”

그는 그녀 옆으로 미끄러져 들어와 그녀에게 입을 맞추고 그녀를 껴안았다. 그녀는 피곤하다는 이유로 그를 거부하지 않았다. 그는 그녀에게서 이제까지 경험하지 못한 격렬한 쾌락을 끌어냈다. 그런 다음 땀에 흠뻑 젖은 그녀의 이마를 쓸어 주고는 평소와는 달리 자기 어깨의 우묵한 곳에 그녀의 머리를 내려놓고 조심스럽게 이불을 덮어 주었다.

“이제 자. 내가 다 알아서 할게.” 그가 말했다.

어둠 속에서 그녀는 부드러운 미소를 띠고 그의 어깨에 입술을 갖다 댔다. 그는 주인으로서의 위엄을 갖고 차분하게 그 애무를 받아들였다. 그는 스스로의 단호함에 대해 자부심과 두려움을 동시에 느끼며 오랫동안 잠들지 못했다.

16장

부활절 휴가가 다가오고 있었다. 시몽은 날마다 사무실 서류 사이에, 혹은 폴 집의 카펫 위에 지도를 펼쳐 놓고 시간을 보냈다. 그런 식으로 그는 두 가지 안(案)의 이탈리아 여행, 세 가지 안의 에스파냐 여행을 계획했고, 이제는 그리스 여행 쪽으로도 마음이 흔들리고 있었다. 폴은 아무 말 없이 그의 여행 계획을 들었다. 그녀가 낼 수 있는 시간은 기껏해야 열흘 정도였고, 지금 상태로는 기차를 타는 것조차 피곤하게 여겨졌다. 그녀는 시골집을 하나 빌려서 평온한 휴가를 보내고 싶었다. 요컨대 어린 시절로 돌아가고 싶었다! 하지만 그녀는 시몽을 실망시키고 싶지 않았다. 벌써부터 그는, 기차에서 먼저 뛰어내려 폴이 내리는 것을 도와주고 열흘 전에 미리 연락해 놓은 렌터카로 그녀를 그 도시 최고의 호텔로, 그가 전보로 주문해 놓은 꽃이 기다리고 있는 방으로 데리고 가는, 완벽한 여행자가 된 스스로의 모습을 떠올리고 있었다. 그러면서 그는 사실 자신은 기차를 갈아타는 법도, 표를 예약하는 법도 모른다는 것을 잊고 있었다. 그는 줄곧 꿈을 꾸고 있었다. 다만 그의 모든 꿈들은 폴을 향해 출발해서, 요동치는 강들이 고요한 바다로 유입되듯이 폴에게로 귀착되었다. 그는 지난 몇 개월 동안 그 어느 때보다도 스스로를 자유롭다고 느끼며, 매일 아침 같은 사무실로 출근하고, 매일 저녁 같은 아파트로 돌아와, 같은 사람 옆에서, 같은 욕망, 같은 걱정, 같은 고통에 매달려 지냈다. 왜냐하면 폴은 여전히 때때로 정신이 딴 데 가 있는 듯했고, 그와 눈이 마주치면 시선을 돌렸고, 그의 열정적인 말에도 부드러운 미소만을 지었던 것이다. 로제에 대한 이야기가 나오면 폴은 여전히 침묵을 지켰다. 시몽은 때때로 자신이 힘들고 무용하고 승산 없는 싸움을 하고 있다는 느낌이 들었다. 왜냐하면 흐르는 시간이 그에게 아무런 도움이 되지 못한다는 것을 잘 알고 있었던 것이다. 그가 없애야 하는 것은 로제와의 추억이 아니라 폴 안에 있는 로제라는 그 무엇, 그녀가 집요하게 매달려 있는, 뽑아 버릴 수 없는 고통스러운 뿌리 같은 그것이었다. 이따금 그는, 자신이 그녀를 사랑하게 된 이유, 줄곧 그녀를 사랑하는 이유가 고통을 감수하는 그 한결같은 태도 때문이 아닐까 자문했다. 하지만 그런 일보다는 "폴이 나를 기다리고 있어. 한 시간 뒤면 그녀를 품에 안을 수 있어."라고 중얼거리는 일이 더 잦았으므로, 그에게는 로제가 애초에 존재하지 않았던 것처럼, 폴이 사랑하고 있는 사람이 그 자신인 것처럼, 모든 것이 단순하고 행복으로 빛나고 있는 것처럼 여겨졌다. 폴의 마음속에서 시몽이 로제보다 우위를 차지하는 때는 바로 그가 두 사람의 관계를 명백한 사건으로 받아들이도록 그녀에게 요구하는 그런 순간들이었다. 그녀로서는 그들의 관계를 기정사실로 받아들이지 않을 수 없었다. 그녀는 스스로의 유보적인 태도에 신물이 났다. 다만 혼자 있을 때면 로제가 그녀 없이 살고 있다는 것이 커다란 오류처럼 여겨졌고, 그들이 어떻게 이런 지경에 이르게 되었는지 공포에 가까운 느낌으로 자문했다. '그들'이나 '우리'는 언제나 로제와 그녀를 가리키는 말이었고, 시몽은 '그'가 아니었던가. 로제는 이런 것에 대해 아무것도 알지 못하리라. 현재의 생활에 진력이 나면 그는 그녀에게 와서 불평을 늘어놓고 그녀를 되찾으려 하리라. 그리고 아마도 성공하리라. 시몽은 치명적인 상처를 입게 될 테고, 폴 자신은 또다시 고독 속에서 언제 올지 모르는 전화를 기다리면서 사소하지만 치명적인 상처들을 입게 되리라. 그녀는 자신의 숙명, 이 모든 것을 피하려고 해봤자 소용없을 것 같은 느낌, 그녀의 삶에는 피할 수 없는 누군가가 있고 그것이 곧 로제라는 생각에 저항했다.

그렇긴 해도 그녀는 시몽과 함께 살고 있었다. 그녀는 밤마다 그의 품 안에서 사랑을 속삭였고, 때로는 아주 능란한 연인이나 어린아이만이 끌어낼 수 있는 몸짓, 그녀 자신도 그 강도를 인지하지 못할 정도로 소유욕에 찬 동시에 그 모든 소유가 덧없다는 생각에 두려워하는 그런 몸짓으로 그를 끌어안았다. 그럴 때면 폴은 노년에 이른 사람들만이 가질 수 있는 독특하고 경이로운 사랑의 열정에 도달한 느낌이 들었다. 다음 순간 그녀는 그런 자신을 원망했고, 이어 시몽에게서 그녀 자신을 떼어 놓지 않은 로제, 그녀 곁에 있어 주지 않는 로제를 원망했다. 로제가 그녀를 가지면, 그는 그녀의 주인이고 그녀는 그의 소유였다. 그는 그녀보다 몇 살 연상이었고, 그녀가 이제까지 회의 없이 받아들여 온 도덕적이고 심리적인 기준에 완전히 부합했다. 하지만 시몽은 그 자신이 그녀의 주인이라는 느낌을 갖고 있지 않았다. 그는 자신에게 오히려 손해라는 것도 모르고 무의식적으로 연극적인 동작을 동원해 의존적인 태도를 취했다. 시몽은 그녀에게 보호라도 청하는 것처럼 그녀의 어깨를 베고 잠이 들었고, 이른 아침 일어나 아침 식사를 준비했으며, 모든 것에 대해 충고를 구했다. 폴은 그런 태도가 감동적이었지만, 왠지 비정상적인 것을 대할 때처럼 거북하고 불편했다. 그녀는 시몽이 유능하다고 생각했다. 그는 이제 일을 하고 있었다. 베르사유에서 열린 공판에 그녀를 데려가기도 했다. 그는 사람들과 악수를 하고 기자들에게 침착하게 미소를 지어 보이면서 유망한 젊은 변호사의 모습을 보여 주었다. 이따금 그는 낯선 이들과 하던 이야기를 멈추고 고개를 돌렸다. 그녀가 자기 행동의 축이라도 되는 것처럼 언제나 그녀 쪽으로 눈길을 돌려 그녀가 자신을 바라보고 있는지 확인했다. 그랬다, 그는 그녀에게 초연한 양 연기하지 않았다. 그래서 그녀는 최대한의 관심과 감탄을 시선에 담아 그를 바라보지 않을 수 없었다. 하지만 일단 그가 등을 돌리면 그녀의 눈빛은 애정과 자부심으로 바뀌었다. 시몽은 여자들의 눈길을 한 몸에 받고 있었다. 그녀는 기분이 좋았다. 누군가 자신을 위해 살고 있지 않은가. 마침내 그녀는 나이 차이 같은 문제를 제기하지 않게 되었다. "십 년 뒤에도 그가 여전히 나를 사랑할까?"라는 질문도 스스로에게 하지 않았다. 십 년 뒤에 그녀는 혼자가 되거나 로제와 함께 지내게 되리라. 그녀 안에 있는 무엇인가가 집요하게 그 사실을 스스로에게 거듭 속삭이고 있었다. 스스로도 속수무책인 그런 이중성을 떠올릴 때면 시몽에 대한 그녀의 애정은 배가되었다. "나의 희생양. 나의 사랑스러운 희생양. 나의 귀여운 시몽!" 생전 처음으로 그녀는 자신이 불가피하게 상처 입히지 않을 수 없는 누군가를 사랑한다는 데에서 오는 끔찍한 쾌감을 경험했다.

이 '불가피함'에는 응분의 결과가 따르리라. "어째서 당신은 나보다 로제를 더 좋아하는 거지? 그 무심한 사내의 무엇이 내가 당신에게 매일 바치는 이 열렬한 사랑보다 낫다는 거지?" 같은, 언젠가 시몽이 그녀에게 던질 질문들, 고통당하는 입장에서 응당 제기할 만한 질문들이 그녀를 괴롭혔다. 로제에 대해 설명해야 한다는 생각만으로도 그녀는 지레 겁에 질렸다. 그녀는 로제를 가리켜 '그'가 아니라 '우리'라고 말하게 되리라. 왜냐하면 그녀로서는 그들 두 사람의 삶을 분리해서 생각할 수 없었던 것이다. 왜 그런지는 알 수 없었다. 어쩌면 자신이 그들의 사랑을 위해 육 년 전부터 기울여 온 노력, 그 고통스럽고 끊임없는 노력이 행복보다 더 소중해졌기 때문인지도 몰랐다. 그 노력이 수포로 돌아가는 것을 자존심이 허락하지 않기 때문일 수도 있었고, 바로 그 자존심이 그녀 안에서 시련을 양식으로 삼아, 고통스럽기는 하지만 로제를 자신의 주인으로 선택하고 인정하기에 이르렀는지도 몰랐다. 그리고 로제는 그녀에게서 언제나 빠져나갔다. 이 애매한 싸움이야말로 그녀의 존재 이유였다.

그렇다고 해서 그녀가 그 싸움을 위해 태어난 사람이었던 것은 아니었다. 시몽의 비단처럼 부드럽고 매끄러운 머리카락을 쓰다듬으며 그녀는 때때로 스스로에게 되뇌었다. 머리카락 속으로 손을 밀어 넣듯이 이런 삶 속으로 빠져들 수도 있을 거라고. 그녀는 그런 이야기를 그에게 나직하게 소곤거렸다. 그들은 캄캄한 밤중에 그런 식으로 오랫동안 깨어 있다가 잠에 빠져들곤 했다. 서로 손을 쥔 채 나직하게 소곤거렸는데, 그럴 때면 그녀는, 여자애들이 나지막한 목소리로 신에 대해, 남자들에 대해 수다를 늘어놓는 공동 침실에서 열네 살짜리 친구와 함께 있는 듯한 엉뚱한 느낌이 들곤 했다. 그녀가 소곤거리면 시몽은 반쯤은 신비로운 그 느낌에 매혹되어 자신도 나지막한 목소리로 말했다.

"지금처럼 되지 않았다면 어떻게 살았을 것 같아?"

"전남편 마르크와 헤어지지 않았을 거야. 그는 친절했고, 요컨대 무척 사교적이었어. 몹시 부자였고……. 잘해 보려 했지만……."

힘들고 모욕적이고 복잡한 세계에 몸담고 있던 그때, 그 결정 하나로 어떻게 자신의 삶이 갑자기 일하는 여성의 생활로 바뀌게 되었는지에 대해, 여러 가지 절차, 물질적인 어려움, 미소, 침묵 같은 것들에 대해 그녀는 그에게 설명하려 애썼다. 시몽은 그녀의 말을 들으며 그런 추억 속에서 사랑과 연관이 있는 것을 가려내려 애썼다.

"그리고 어떻게 되었을까?"

"그리고 결국은 일이 터졌을 거야. 꼭 그러겠다는 의도가 없이도 마르크를 속이게 되었겠지. 확실하진 않지만……. 다만 아이는 하나 낳았을 거야. 그리고 아이를 위해 내 모든 걸……."

그녀는 입을 다물었다. 시몽이 그녀를 꼭 껴안았다. 그는 그녀에게서 아이를 원했다. 그는 모든 것을 원했다. 그녀는 웃음을 터뜨리고 입술로 그의 눈을 애무하고는 말을 이었다.

"하지만 스무 살 때에는 지금과는 생각이 달랐어. 뚜렷하게 기억나. 나는 행복해지기로 결심했지."

그랬다, 그녀는 뚜렷하게 기억하고 있었다. 그녀는 욕망에 쫓겨 거리를, 해변을 쏘다녔다. 그녀는 하나의 얼굴, 하나의 착상을 찾아 헤맸다. 요컨대 하나의 대상을 찾아서. 삼 대를 내려온 행복해져야 한다는 의지가 그녀의 머리 위를 감돌고 있었다. 당시에도 장애물은 없었고, 앞으로도 그리 많지 않으리라. 이제 그녀는 새로 개척하는 대신 갖고 있는 것을 지키려 애쓰고 있었다. 직업을, 그리고 남자를……. 오래전부터 변함없이 추구해 온 그런 것들에 대해 그녀는 서른아홉 살이 된 지금도 확신을 가질 수 없었다. 시몽은 그녀에게 몸을 맞대고 잠이 들었다. 그녀가 나직하게 물었다.

"자기, 자……?" 이 두 마디 말에 반쯤 잠에서 깬 시몽은 아니라고 대답하고는 어둠 속에서, 그녀의 향기 속에서, 그들의 뒤섞인 열기 속에서 더할 나위 없이 행복하게 그녀의 몸에 자신의 몸을 밀착시켰다.

17장

서른 개비째였다. 로제는 그 사실을 깨닫고 꽁초가 수북이 쌓인 재떨이에 피우던 담배를 눌러 껐다. 그는 불쾌감으로 몸을 부르르 떨고는 머리맡에 있는 전등을 다시 켰다. 새벽 3시, 그는 잠들지 못하고 있었다. 그는 거칠게 창문을 열어젖혔다. 차가운 공기가 얼굴과 목에 너무도 생경하게 와 닿자 다시 창문을 닫고는 마치 추위를 '바라보려는' 것처럼 유리창에 몸을 기댔다. 이윽고 그는 황량한 거리로부터 눈길을 돌려 거울을 힐긋 바라보다가 즉각 시선을 돌렸다. 거울에 비친 자신의 모습이 마음에 들지 않았다. 그는 나이트 테이블 위에 놓인 담뱃갑을 집어 들어 골루아즈 담배 한 대를 꺼내 기계적으로 입에 물었다가 다시 내려놓았다. 그에게 있어서 중요한 사는 맛 중의 하나였던 그 기계적인 몸짓에 그는 더 이상 애정을 느끼지 못했다. 고독한 남자의 그런 동작이 그는 더 이상 마음에 들지 않았고, 담배 맛에도 진력이 났다. 이제 건강을 생각해야 했다. 몸이 좋지 않은 게 분명했다. 물론 그는 폴이 그리웠지만 아직 그렇게까지 절실한 것은 아니었다. 지금 이 순간 그녀는 그 응석받이 풋내기 청년의 품속에서 잠이 들어 있으리라. 지금쯤 그녀는 이미 모든 걸 잊었으리라. 로제 자신은 밖으로 나가 창녀나 하나 찾아내 술을 마시면 되리라. 게다가 폴은 그가 그렇게 지내고 있다고 여기겠지. 그는 자신의 생각이 맞다는 것을 느낄 수 있었다. 그녀는 그를 제대로 평가해 준 적이 없었다. 항상 그를 상스럽고 천박하다고 여기지 않았던가. 그녀에게 그 자신의 가장 좋은 부분, 가장 견고한 부분을 내주었음에도. 여자들은 그랬다. 여자들은 모든 것을 요구하고 모든 것을 다 내주는 것처럼 보여서 완전히 마음을 놓게 만든 다음, 어느 날 정말 하찮은 이유로 떠나 버린다. 폴에게 있어서 시몽이라는 녀석과의 관계만큼 하찮은 것도 없지 않은가. 하지만 이 순간 그 풋내기는 그녀를 품에 안고, 뒤로 젖혀진 그녀의 얼굴과 몸을 들여다보고 있으리라. 쾌락에 내맡겨진 그 부드러운 몸 위에서……. 그는 갑자기 몸을 돌리고 결국 담배에 불을 붙여 노기 서린 갈망으로 연기를 들이마신 다음 벽난로에 재떨이를 비웠다. 난로에 불을 피워 두었어야 했다. 폴은 그곳에 올 때마다 벽난로에 불을 지피고는 그 앞에 주저앉아 불꽃이 피어오르는 것을 지켜보곤 했다. 때로는 차분하고 능숙한 그녀 특유의 동작으로 불길을 살린 다음 몸을 일으켜 조금 뒤로 물러섰다. 방은 분홍빛으로 물들고 음영이 생기고 흥분이 감돌았다. 그러면 그는 사랑을 나누고 싶은 마음이 들었고, 그런 심정을 그녀에게 털어놓지 않았던가. 하지만 그건 아주 오래전의 일이었다. 언제부터 폴이 이곳에 오지 않게 되었던가? 이 년, 아니 삼 년? 그가 그녀의 집에서 만나는 것이 습관이 되었다. 그녀가 그를 기다리는 편이 더 편했던 것이다.

그는 줄곧 손에 들고 있던 재떨이를 놓쳐 버렸다. 재떨이는 바닥에 나동그라졌지만 깨지지 않았다. 재떨이가 깨져 그를 이 무기력으로부터 끌어내 주었으면 좋았을 것을. 사방으로 유리 조각이 튀었으면 좋았을 것을. 하지만 재떨이는 깨지지 않았다. 이런 경우, 깨진 유리 조각들이 반짝이는 것은 소설 속에서나 영화 속에서의 일일 뿐이었다. 프리쥐닉 슈퍼마켓에서 파는 이런 싸구려 재떨이가 아니라, 폴의 아파트에 있는 그런 비싸고 작은 유리 재떨이여야 했다. 그가 폴의 집에서 깬 이런저런 물건들이 적어도 백 가지는 되리라. 그가 물건을 깰 때마다 폴은 언제나 웃음을 터뜨렸다. 그가 마지막으로 깨뜨린 것은, 위스키를 담으면 독특하게도 금빛 도는 적갈색으로 보이는, 매혹적인 크리스털 잔이었다. 그녀의 아파트에서는 모든 게 그런 식이었다. 그는 그 아파트의 신이자 주인이었다. 그곳에서는 모든 것이 정돈되어 있었고, 애정으로 가득했고, 조용했다. 그럼에도 그는 밤중에 그곳에서 나올 때면 해방감을 느끼지 않았던가! 그리고 이제는 자기 집에서 깨지지 않은 재떨이를 상대로 혼자 쓸모없는 분노에 휩싸여 있었다. 그는 다시 몸을 구부려 담배를 끄고, 잠 속으로 빠져들기 직전 자신은 지금 불행하다고 중얼거렸다.

18장

그들은 어느 날 저녁 식당 문 앞에서 마주쳤다. 그렇게 해서 파리에서 종종 벌어지는 기묘하기 짝이 없는 발레 극이 그들 세 사람 사이에 펼쳐지기에 이르렀다. 여자는 얼마 전까지 자신이 그 어깨에 대고 전율하고 신음하고 잠들었던 바로 그 남자를 바라보며 멀리서 목례를 보냈고, 남자는 덤덤하게 마주 고개를 숙여 보였다. 한편 시몽은 머릿속에서 생각해 오던 대로 남자를 후려치는 대신 잠시 그를 쏘아보았다. 그들은 각각 상당히 떨어진 탁자에 자리를 잡았고, 폴은 눈길을 돌리지 않은 채 요리를 주문했다. 식당 지배인이나 폴을 알고 있는 몇몇 손님들이 보기에 그 장면은 극히 평범했다. 전혀 특별할 것이 없었다. 시몽은 단호한 목소리로 마실 것을 주문했고, 다른 탁자에서 로제는 함께 온 여자에게 어떤 칵테일을 좋아하는지 물었다. 이윽고 폴은 시선을 들어 시몽에게 미소를 지어 보인 다음 로제 쪽을 바라보았다. 그녀는 여전히 로제를 사랑하고 있었다. 식당 문 앞에서, 특유의 고집스러운 태도를 지닌 그를 보자마자, 그녀는 그 사실을 분명하게 깨달았다. 그녀는 여전히 그를 사랑하고 있었다. 그녀는 무익한 긴 잠에서 빠져나온 참이었다. 이번에는 로제가 그녀를 바라보며 미소를 지어 보이려다 즉각 표정을 굳혔다.

"뭘 마시겠어? 백포도주?" 시몽이 물었다.

"나쁠 거 없지."

그녀는 탁자 위에 올려놓은 자신의 손과 가지런히 놓인 포크와 스푼, 그리고 자신의 드러난 팔에 닿은 시몽의 옷소매를 바라보았다. 그녀는 빠른 속도로 술을 마셨다. 시몽은 이야기를 하고 있었지만 평소의 활기는 찾아볼 수 없었다. 그는 그녀에게서 혹은 로제에게서 무슨 일인가 일어나기를 기다리고 있는 듯했다. 하지만 도대체 어떤 일이 일어나겠는가? 그녀가 자리에서 일어나 "잠깐만."이라고 말하고는 식당을 가로질러 로제에게 가서 "이만하면 됐어. 같이 돌아가는 게 어때?"라고 말하기라도 할 것인가. 그런 일은 일어나지 않았다. 이성적이고 지각 있는 일 같은 것은 요즘엔 더 이상 일어나지 않았다.

저녁 식사 후 그들은 춤을 추었다. 그녀는 로제가 일회용 데이트 상대로는 그다지 나쁘지 않은, 피부가 가무잡잡한 여자를 안고 있는 것을 보았다. 로제는 그 여자 앞에서 언제나처럼 어색하게 몸을 이리저리 움직이고 있었다. 시몽이 일어났다. 그의 춤은 능숙했다. 두 눈을 살짝 감은 채 그는 유연하고 날렵하게 춤을 추면서 노래를 흥얼거렸다. 그녀는 시몽에게 몸을 내맡겼다. 어느 순간 그녀의 드러난 팔이 가무잡잡한 여자의 등에 두르고 있던 로제의 손을 스쳤다. 그녀는 눈을 떴다. 로제와 폴, 그들 두 사람은 '상대'의 어깨 너머로 서로를 바라보았다. 움직임도, 리듬도 없는 느린 춤곡이 흐르고 있었다. 그들은 아무런 표정도 짓지 않은 채, 미소조차 보이지 않은 채, 서로 알은체도 하지 않은 채 10센티미터 거리에서 서로를 응시했다. 어느 순간 갑자기 로제는 여자의 등에서 손을 떼어 폴의 팔을 향해 뻗었다. 그의 손가락 끝이 그녀의 팔에 와 닿았다. 순간 그의 얼굴에 떠오른 표정이 어찌나 간절했던지 폴은 눈을 감지 않을 수 없었다. 이윽고 시몽이 몸을 돌렸고, 로제와 폴은 더 이상 서로의 모습을 볼 수 없었다.

그날 밤 그녀는, 실제로는 그렇지 않았지만 피곤하다는 핑계로 시몽과의 잠자리를 거절했다. 그녀는 오랫동안 두 눈을 뜬 채 침대에 누워 있었다. 그녀는 이제 무슨 일이 벌어지게 될지 알고 있었다. 다른 해결책이 없다는 것, 다른 해결책 같은 것은 오래전부터 없었다는 것을 깨닫고는, 어둠 속에서 목이 약간 죄어드는 것을 느끼며 그 생각에 굴복했다. 한밤중에 그녀는 자리에서 일어나 거실로 나가 소파에서 자고 있는 시몽에게 다가갔다. 그녀는 자기 방에서 나오는 비스듬한 빛에 비친 청년의 길게 누운 몸을 바라보면서 그의 숨소리를 들었다. 베개 속에 파묻고 있는 그의 고개와 목뼈 사이의 살짝 들어간 부분을 응시했다. 젊은 자신이 자고 있는 모습을 바라보는 기분이었다. 시몽이 뭐라고 중얼거리며 빛이 비치는 쪽으로 돌아눕자 그녀는 얼른 그 자리를 떴다. 그에게 자연스럽게 말을 건네기가 벌써 불가능해진 것이다.

다음 날 아침 그녀가 사무실에 도착하자 로제의 속달 우편이 기다리고 있었다. '당신을 만나야겠어. 더 이상 이렇게 지낼 수는 없어. 전화해 줘.'라는 내용이었다. 그녀는 전화를 걸었다. 그들은 저녁 6시에 만나기로 약속했다. 하지만 로제가 폴이 일하는 곳에 모습을 나타낸 것은 그로부터 십 분 뒤였다. 그는 여자들만을 위한 그곳에서 육중한 몸집을 어찌해야 할지 모르고 있었다. 폴은 그에게 다가가 금빛으로 칠해진 등나무 의자들이 들어차 있는 작은 응접실로 그를 안내했다. 악몽 같은 배경 아닌가! 그제야 그녀는 그를 제대로 보았다. 바로 그 사람이었다. 그가 한 걸음 다가와 그녀의 어깨 위에 두 손을 올려놓았다. 그는 약간 말을 더듬었는데, 그것은 그가 극도로 감정이 격해 있다는 표시였다.

"난 너무 불행했어." 그가 말했다.

"나도 그랬어." 그녀는 그렇게 말하는 자신의 목소리를 들었다. 이윽고 그녀는 그에게 살짝 몸을 기대면서 울기 시작했다. 자신의 이 두 마디 말을 시몽이 용서해 주기를 바라면서.

로제는 그녀의 머리카락에 고개를 묻고는 그 상황에 어울리지 않는 목소리로 "자, 울지 마."라고 말했다.

"잘해 보려고 했어. 정말 잘해 보려고……." 이윽고 그녀가 미안해하는 어조로 말했다.

다음 순간 그녀는 자신이 그런 말을 해 주어야 할 대상은 로제가 아니라 시몽이라는 생각이 들었다. 그녀는 갈피를 잡을 수 없었다. 방심은 금물이었다. 한 사람에게 모든 이야기를 다 할 수는 없었다. 그녀는 고개를 움직이지 않은 채 줄곧 눈물을 흘리고 있었다. 로제는 말이 없었다.

"뭐라고 말 좀 해 봐." 그녀가 나직하게 말했다.

"나는 몹시 외로웠어. 생각을 해 봤지. 저기 앉아. 이 손수건 받아. 내가 설명할게." 그가 말했다.

그는 그녀에게 설명했다. 여자들을 조심했어야 했다고, 자신이 경솔했다고, 이 모든 것이 자신의 잘못임을 잘 알고 있다고. 그는 그녀가 줄곧 자신만을 기다려 주지 않은 것을 원망하지는 않는다고 했다. 그들은 그 문제에 대해 더 이상 이야기하지 말자고 했다. 그녀는 "그래, 그래, 그러자, 로제."라고 맞장구쳤다. 그녀는 좀 더 울고 싶기도 하고 웃음을 터뜨리고 싶기도 했다. 익숙한 그의 체취와 담배 냄새를 들이마시자 구원받은 듯한 기분이 들었다. 아울러 길을 잃은 기분도.

* * *

열흘이 지났다. 폴은 자기 집에서 시몽과 마지막으로 단둘이 시간을 가졌다.

"이걸 잊었네." 그녀가 말했다.

그녀는 그에게 넥타이 두 개를 내밀었지만, 그를 바라보지는 않았다. 그녀는 자신이 젖 먹던 힘까지 동원하고 있음을 느꼈다. 그가 짐 싸는 것을 도와준 지 두 시간이 다 되어 가고 있었다. 사랑에 빠진, 하지만 정돈할 줄 모르는 젊은 남자의 많지 않은 물건들이었다. 그들은 도처에서 시몽의 라이터, 시몽의 책, 시몽의 양말을 찾아냈다. 그는 아무 말도 하지 않았다. 그는 꿋꿋하게 행동하면서, 목이 죄어드는 것을 의식했다.

"이제 됐어. 나머지는 관리실에 맡겨 놓으면 될 거야." 시몽이 말했다.

그녀는 대답하지 않았다. 그는 주위를 둘러보며 '이게 마지막이야. 마지막이야.' 하고 생각하려 애썼지만 실감이 나지 않았다. 그는 신경이 곤두서서 몸을 떨고 있었다.

"잊지 않을 거야." 폴이 말했다. 그녀는 그를 향해 눈길을 들어 올렸다.

"나 역시 잊지 않을 거야. 그건 다른 문제야. 다른 문제라고." 시몽이 말했다.

그는 문을 향해 걸어가다가 중간쯤에서 몸을 휘청하더니 그녀를 향해 일그러진 얼굴을 돌렸다. 그녀는 한 번 더 그를 품에 안고 그의 슬픔을 받쳐 주었다. 이제까지 그의 행복을 받쳐 주었던 것처럼. 그녀는 자신은 결코 느낄 수 없을 듯한 아름다운 고통, 아름다운 슬픔, 그토록 격렬한 슬픔 속에 있는 그가 부러웠다. 그는 갑자기 그녀에게서 몸을 빼더니 짐을 놓아 둔 채 나가 버렸다. 그녀는 그를 따라 나가 난간 너머로 몸을 굽히고 그의 이름을 불렀다.

"시몽, 시몽." 그런 다음 그녀는 이유를 알지 못한 채 이렇게 덧붙였다. "시몽, 이제 난 늙었어. 늙은 것 같아……."

하지만 시몽은 그 말을 듣지 못했다. 그는 두 눈에 눈물을 가득 담은 채 층계를 달려 내려갔다. 마치 기쁨에 뛰노는 사람처럼 달리고 있었다. 그는 스물다섯 살이었다. 그녀는 조용히 문을 닫고 거기에 몸을 기댔다.

저녁 8시, 전화벨이 울렸다. 수화기를 들기도 전에 그녀는 로제가 무슨 말을 하려는지 알 수 있었다.

"미안해. 일 때문에 저녁 식사를 해야 해. 좀 늦을 것 같은데……."

작품 해설

머릿속에 빨간 불이 켜지는 각성의 ‘엔딩’

‘우리 시대의 두시 번역’이라는 기치 아래 170여 권을 넘긴 한국의 한 세계문학전집의 목록에 이름을 올리게 되었다는 말을 들었다면, 그람시가 말하는 악성 페스트론(論)의 대상인 멜로드라마와 이른바 순수 문학의 아슬아슬한 경계에 자리 잡은 이 작가, 프랑수아즈 사강은 어떤 반응을 보였을까. 아카데미 프랑세즈 회원 자리를 제안받았을 때, 사강은 모리아크조차 흉내 낼 수 없는 이런 눈부신 말로 그 제안을 거절한다. “나는 『슬픔이여 안녕』의 문학적 가치와 그것을 둘러싼 소란 사이의 차이를 알 만큼은 좋은 책을 많이 읽었다.” 사르트르, 지드, 카뮈, 프루스트, 테네시 윌리엄스가 등장하는 사강의 자서전 『내 최고의 추억과 더불어』에 모리아크가 빠져 있다는 사실은 의미심장하다.

실제로 사강은 노년을 두고는 "욕망을 실현한다는 것이 불가능해지는 때, 더 이상의 만남이 불가능해지는 때, 머릿속에서 분방한 생각들이 오가는 가운데 아침 추위로 이가 딱딱 부딪치는 때. …… 지금 유일하게 안타까운 것은 읽고 싶은 책들을 다 읽을 시간이 없다는 것뿐."이라고 했고, 프루스트에 대해서는 "그가 지상에 다녀간 이후에는 어떤 것들을 단순히 다시 한다는 게 불가능해져 버렸다. 그는 우리 재능의 한계를 그어 준다."라고 하면서, "예술의 환상은 우리로 하여금 위대한 문학이 삶과 밀착되어 있다고 믿게 하지만, 진실은 그 정반대이다. 삶이 무정형적이라면, 문학은 형식적으로 잘 짜여 있다."라고 짚고 있다.

또한 그녀는 '사강'이라는 필명을 프루스트의 소설 『잃어버린 시간을 찾아서 *À la recherche du temps perdu*』에서, 『슬픔이여 안녕』을 엘뤼아르의 시 「눈 앞의 삶 *La vie immediate*」에서, 『한 달 후, 일 년 후』를 라신의 비극 「베레니스 *Berenice*」에서, 『신기한 구름』을 보들레르의 시 「이방인 *L'étranger*」에서 따왔다. 자신의 문학적 토양이 된 선배 작가들에게 바치는 경의의 표시랄까.

드물게 그런 사람들이 있다. 일이 풀린 방향이 흔하고 대중적이었을 뿐, 멍석 깔고 목에 힘주는 이들이 미치지 못하는 사물의 핵심에 닿아 버리는, 재능과 성실성이 만나는 이들 말이다. 몇 년 전 정확하고 유려한 문장으로 스티븐 킹을 번역한 어떤 선배에게 또 다른 대선배가 그런 대중물을 번역한 것에 대해 아쉬워하는 이야기를 듣고 내가 중얼거렸던가. 스티

븐 킹과 프레드 바르가스는 고전으로 분류되어야 한다고. 참고로 나는 공포 소설이나 추리 소설을 특별히 좋아하는 편이 아니다.

2004년 9월 프랑스 북부 옹플뢰르의 한 병원에서 사강이 죽었을 때, 《텔레그라프》는 다분히 중립적인 어조로, 《워싱턴 포스트》는 다분히 비판적인 어조로, 그리고 영국의 언론은 사실에 입각해 그녀의 삶을 요약했다. 십 대 후반부터 생미셸 대로의 카페와 클럽을 들락거렸고, 골루아즈 담배와 커피 한 잔이 아침 식사였으며, 위스키 잔을 줄곧 손에서 놓지 않았고, 문턱이 닳도록 카지노를 드나들며 인세 전액을 간단히 탕진했고, 재규어와 애시튼 마틴, 페라리, 마세라티를 바꿔 가며 속력을 즐기다가 차가 전복되는 교통사고를 당해 삼 일간 의식 불명 상태에 놓이기도 한, 낭비와 알코올과 연애와 섹스와 속도와 도박과 약물에 '중독'된 그녀의 삶이 그녀의 문학을 압도한 격이었다.

"매력적인 작은 괴물"이라는 프랑수아 모리아크의 지칭 이후 '사강 현상', '사강 신화'의 대가를 톡톡히 치러야 했던 저자의 작품을 이런 개인사와 분리해 제대로 판단한 사람은 진정한 지성을 지닌 이들뿐이었다.(『슬픔이여 안녕』이 발표된 지 이십 년 후 존 업다이크는 《뉴요커》에서 "불꽃이 번득이는 바다, 격리된 숲, 동물적인 날램, 학구적일 정도로 효율적인 구성, 라신의 완벽성에 신예의 매혹을 지닌 등장인물"이라는 격찬으로 그녀의 작품을 평했다.) "지성이란 그 무엇에, 특히 말에 속지 않는 것"이라고, 작가 필리프 바르틀레는 1993년 로베르 라퐁 출판사에서 펴낸 1400여 쪽짜리 사강 전집에 부친 서문에서 지적하고 있다. 그 짤막한 서문은 사강의 작품 전체를 살피려는 시도 같은 것은 아예 하고 있지 않지만, 그녀의 삶과 작품에 대해 드물게도 애정과 비판이 함께하는 균형 잡힌 시각을 보여 준다.

첫 작품이 나온 지 오 년 만이라고는 해도 스물네 살이라는 아주 젊은 나이에 써낸 『브람스를 좋아하세요...』(여기서 문장 부호가 물음표가 아니라 점 세 개로 이루어진 말줄임표로 끝나야 한다고 사강은 강조한 적이 있다.)는 몇 가지 중요한 장치들로 인해 그녀의 재능을 단순한 '재기'로 치부하기 어렵게 만든다. '성격이 곧 팔자'라는 셰익스피어식 경구를 상반되는 기질의 등장인물들을 통해 효과적으로 환기시키는 것 외에도, 뻔한 전개나 통속적인 결말 대신 삶의 의표를 찌르는 통찰을 보여 주는 것이다. 또한 독자는, 역시 열네 살 연상이었던 클라라 슈만을 평생 마음에 품었던 요하네스 브람스를 떠올리게 되는데, 대개의 프랑스인들이 브람스를 그다지 좋아하지 않는다는 사실(한 브람스 전기 작가의 말에 따르면, 프랑스 대중으로 하여금 브람스에게 흥미를 갖게 만드는 건 거의 절망적인 시도라고 한다. 그래서 프랑스에서 브람스의 연주회에 상대를 초대할 때는 이 질문이 필수라는 말도 있다.)을 떠올리면, 이 제목은 "모차르트를 좋아하세요"와는 다른 울림을 갖는다.

사강의 작품이 강조하는 것은 사랑의 영원성이 아니라 덧없음이다. 실제로 사랑을 믿느냐는 질문에 그녀는 이렇게 대답한다. "농담하세요? 제가 믿는 건 열정이에요. 그 이외엔 아무것도 믿지 않아요. 사랑은 이 년 이상 안 갑니다. 좋아요, 삼

년이라고 해 두죠." 또한 그녀의 작품에는 심오한 철학도 참여 의식도 이데올로기도 참신한 소재도 없다. 구성은 가볍고 묘사는 감각적이며 대화는 암시적이고 문체는 유난하지 않다. 하지만 재즈처럼 리듬감 있게 펼쳐지는 그 문장들 속에는 장치 아닌 장치들이 내재해 있다. 시점과 시제, 생각과 말이 구분 없이 뒤섞임으로써 독자를 논리적으로 설득하기보다는 감성으로 매혹한다. 작품 속 현실에 대한 기존의 지배권을 작가 자신이 포기함으로써 오히려 등장인물들이 현실적인 생동감을 획득하는 것이다. 많은 진지한 작가들에게 중요했던 꼼꼼한 사실 묘사에 대한 강박 같은 건 찾아볼 수 없다. 그녀에게 있어서 "드레스란 남자들로 하여금 그것을 벗기고 싶은 충동을 불러일으키지 않는다면 의미 없는 물건"이고, "사랑에 대해 세월이 할 수 있는 일은 그것을 견디게 해 주는 것뿐"이다. 그녀가 집중하는 것은 다만 한 가지, 덧없고 변하기 쉬우며 불안정하고 미묘한 사람 사이의 감정이다. 그리고 이 부분에 있어서만큼은 엄정하고 깊숙하고 철저하다.

전후 세대의 문화적 욕구를 시의적절하게 충족시켰다든지, 부르주아적 가치에 대한 옹호와 풍자가 설득력을 얻었다든지, 낭만주의와 포스트실존주의가 행복하게 만났다든지 하는 평들에 이어 바로 이 점이야말로 사강 문학의 독보적인 특징이다. 개인적으로는 줄곧 성인의 삶 속에 편입되지 못한 채 좌충우돌의 지극히 문학적인(!) 삶을 살았다 해도("타인에게 피해를 주지 않는 한, 나는 나를 파괴할 권리가 있다."라는 그녀의 말은 우리나라 어떤 작가에게 그랬듯이 내 마음을 죄어들게 한다), 남녀의 심리와 개인의 심리를 통해 인간의 보편적 심리층의 단면도를 제시함으로써, 기질과 숙명의 그래프를 그려 냄으로써 프랑수아즈 사강은 저 라신의 반열에 오른다. 프루스트가 그어 준 자신의 한계 그 끝에 도달한다. 페스트균처럼 뻔한 결말로 독자의 의식을 마비시키는 멜로드라마에 머무는 대신, 갑자기 머릿속에 빨간 불이 켜지는 각성의 '엔딩'을 선사하고 문학만이 할 수 있는 방식으로 우리를 돌아보게 하는 것이다. 그래서 우리는 사강을 다시 읽는다.

2008년 봄
김남주

작가 연보

1935년 본명은 프랑수아즈 쿠아레(Françoise Quoirez). 프랑스 남서부의 카자르크에서 태어났다.

1951년 가족과 함께 파리로 이주하여 수녀원에서 운영하는 학교에 입학했으나 퇴학당했다. "나는 영혼의 것에 관심이 없었다." 생미셸 대로의 카페와 클럽을 드나들었다.

1954년 소르본 대학교에 입학 허가를 받았으나 첫해 시험에서 낙제했다. 여름에 요트 사고를 당해 침대에서 쓴 소설 『슬픔이여 안녕(Bonjour tristesse)』이 출간되었다. 이 작품으로 문단에 큰 반향을 일으켰고, 그해 비평가 상을 받았다. 이 작품은 이후 22개 국어로 번역되어 500만 여 부가 판매되었다.

1956년 『어떤 미소(Un certain sourire)』 출간. 첫 작품 못지않

은 수작이라는 평을 받았다. 『뉴욕(New York)』 출간.

1957년 『한 달 후, 일 년 후(Dans un mois, dans un an)』 출간. 교통사고로 차가 전복되어 머리에 중상을 입고 삼 일간 의식 불명 상태에 놓이게 되었다.

1958년 『슬픔이여 안녕』이 오토 프레민저 감독에 의해 영화화되었다.

1959년 『브람스를 좋아하세요...(Aimez-vous Brahms...)』가 출간되었다.

1960년 희곡 「스웨덴의 성(Château en Suède)」 출간. 편집자였던 첫 번째 남편 기 쇼엘러와 이혼했다. "나는 새벽 4시에 잠자리에 들고, 그는 아침 7시에 일어나 말을 타러 간다. 결정은 내려졌지만, 난 가슴이 아프다. 하지만 우리는 이런 생활을 계속할 수 없었다."

1961년 『신기한 구름(Les merveilleux nuages)』 출간. 『브람스를 좋아하세요...』가 아나톨 리트박 감독, 잉그리드 버그먼 주연으로 영화화되었다.

1962년 희곡 「바이올린은 때때로(Les violons parfois)」가 출간되었다.

1963년 희곡 「발랑틴의 연보랏빛 드레스(La robe mauve de Valentine)」, 시나리오 「랑드뤼(Landru)」 출간. 두 번째 남편인 미국인 조각가 밥 웨스토프와의 사이에 아들 드니를 낳고 일 년 만에 이혼했다. "그는 결혼 생활보다 자신의 도기 작품을 더 좋아했다. (…) 결혼이란 아스파라거스에 비네그레트소스를 곁들이느냐 네덜란드식

소스를 곁들이느냐의 문제, 곧 취향의 문제일 뿐이다."

1964년 자서전 『독(Toxique)』 출간. 이 글에서 1957년 교통사고 때 겪은 모르핀 중독 경험을 털어놓았다. 희곡 「행복, 막다른 골목, 통행로(Bonheur, impair et passe)」 출간.

1965년 『라 샤마드(La chamade)』 출간.

1966년 희곡 「가시(L'écharde)」, 「사라진 말(Le cheval évanoui)」 출간.

1968년 『마음의 파수꾼(Le garde du cœur)』 출간.

1969년 『찬물 속 한 줄기 햇빛(Un peu de soleil dans l'eau froide)』 출간. 미국을 여행하며 작가 트루먼 커포티, 배우 에바 가드너 등과 교우했다. 파리로 돌아와 좌파 지지를 선언했다.

1970년 희곡 「풀밭 위의 피아노(Un piano dans l'herbe)」 출간.

1972년 소설 『영혼의 푸른 멍(Des bleus a l'âme)』을 출간했다.

1973년 G. 아노토와의 공저인 『그는 향기다(Il est des parfums)』 출간.

1974년 『잃어버린 프로필(Un profil perdu)』, 『대답(Réponses)』 출간.

1975년 단편집 『비단 같은 눈(Des yeux de soie)』, 『브리지트 바르도(Brigitte Bardot)』 출간.

1977년 『흐트러진 침대(Le lit défait)』 출간. 《르 몽드》는 이 작품을 "사강의 작품 중 가장 우수하다."라고 평가했다. 『보르자가의 금빛 혈통(Le sang doré des Borgia)』 출간.

영화감독 장뤼크 고다르의 권유로 「비단 같은 눈」을 각색한 영화 「푸른 고사리(Les fougères bleues)」를 감독했다.

1978년 희곡 「밤낮으로 날씨는 맑고(Il fait beau jour et nuit)」 출간. 오진이긴 했지만 췌장암이라는 진단을 받고 잠시 금주를 결정했다. 도박에 지나치게 집착했던 그녀는 프랑스 내무부에 자신에게 카지노 입장을 불허하도록 요청했다. 과도한 음주로 몇 차례 죽음 직전까지 이르렀고, 약물 과용으로 여러 차례 법정에 불려 갔다.

1980년 『누워 있는 개(Le chien couchant)』 출간.

1981년 단편집 『무대 음악(Musiques de scène)』, 랑세포베르와의 공저인 『화장한 여자(La femme fardèe)』를 출간했다.

1983년 쥘리아르포베르와의 공저인 『고요한 폭풍우(Un orage immobile)』 출간.

1984년 자서전 『내 최고의 추억과 더불어(Avec mon meilleur souvenir)』 출간. 이 책에서 사강은 자신의 글쓰기가 삶의 제약에 대한 복수였다고 털어놓았다.

1985년 『지루한 전쟁(De guerre lasse)』, 『상드와 뮈세, 사랑의 편지(Sand et Musset, Lettres d'amour)』의 추천사를 썼다.

1986년 『여자들(Des femmes)』 출간.

1987년 『희석된 피(Un sang d'aquarelle)』, 『사라 베른하르트, 깨뜨릴 수 없는 웃음(Sarah Bernhardt, le rire incassable)』 출간.

1988년 연대기 『대리석에서(Au marbre)』 출간.

1989년 『부동의 폭풍우(Un orage immovile)』, 『끈(La laisse)』 출간.

1991년 『도주로(Les faux-fuyant)』 출간.

1992년 대담집 『응답(Répliques)』 출간

1993년 『그리고... 내 모든 공감(Et... toute ma sympathie)』 출간.

1994년 『지나가는 슬픔(Chagrin de passage)』의 출간과 함께 작가로서의 재기를 시도했다. 수술 불가능한 암이라는 선고를 받은 자신의 감정이 투사된 이 소설로 평론가들의 찬사를 받았다.

1995년 코카인 소지 혐의로 기소되었다. 프랑스의 한 풍자 쇼에 출연하여 이에 대한 자신의 견해를 밝혔다. "타인에게 피해를 주지 않는 한, 나는 나를 파괴할 권리가 있다." 두 차례의 기소는 선고 유예되었다. 이후 기적적으로 변신하여 당대의 현안들에 대한 견해를 밝혔다. 프랑수아 미테랑 대통령을 도와 정치적인 문제에 진지한 관심을 보였고, 인신 보호 영장 청구권에 대한 법률 제정, 교도소 개혁 운동을 벌였으며 인종 차별주의와 전쟁에 반대했다. 건강이 점점 나빠지기 시작했다.

1996년 『흔들리는 거울(Le miroir égaré)』 출간.

1998년 에세이 『어깨 너머로(Derriére l'épaule)』 출간.

2002년 대통령에게 청탁을 넣는 대가로 한 기업인에게서 받은 돈에 대해 탈세 혐의로 기소되었으나 건강이 나빠 법정에 출두하지 못했다. 집행유예부 금고 일 년 형을 받았다.

2004년 프랑스 노르망디 옹플뢰르의 한 병원에서 심장과 폐 질환으로 사망했다. 당시 프랑스 대통령이었던 자크 시라크는 "인간 마음의 열정과 재기를 탐사한 프랑스의 가장 감각적인 작가 한 명을 잃었다."라고 조의를 표했으나, 역설적으로 프랑스 정부의 압류로 사강은 죽기 전 사 년 동안 경제적으로 극도로 궁핍하게 살았다. 사강의 동료들은 그녀가 덜 비참한 말년을 보내게 해 주어야 한다고 정부에 청원하기도 했다.

2008년 칼럼집 『봉주르 뉴욕(Bonjour New York)』, 『셋집(Maisons louées』, 『재칼들의 향연(Le régal des chacals)』, 『극장에서(Au cinéma)』, 『블랙 미니드레스(La petite robe noire)』, 『스위스에서 온 편지(Lettre de Suisse)』, 에세이 『아주 좋은 책들에 관하여(De trés bons livres)』, 단편집 『삶을 위한 아침(Un matin por la vie)』 등이 유작으로 출간되었다.

세계문학전집 179

브람스를 좋아하세요...

1판 1쇄 펴냄 2008년 5월 2일
1판 71쇄 펴냄 2024년 10월 25일

지은이 프랑수아즈 사강
옮긴이 김남주
발행인 박근섭, 박상준
펴낸곳 (주)민음사

출판등록 1966. 5. 19. (제 16-490호)
서울특별시 강남구 도산대로1길 62(신사동) 강남출판문화센터 5층 (우편번호 06027)
대표전화 02-515-2000 팩시밀리 02-515-2007
www.minumsa.com

ISBN 978-89-374-6179-8 04800
ISBN 978-89-374-6000-5 (세트)

세계문학전집 목록

1·2 **변신 이야기** 오비디우스·이윤기 옮김 서울대 권장도서 100선
3 **햄릿** 셰익스피어·최종철 옮김 서울대 권장도서 100선 | 미국대학위원회 선정 SAT 추천도서
4 **변신·시골의사** 카프카·전영애 옮김 서울대 권장도서 100선
5 **동물농장** 오웰·도정일 옮김 미국대학위원회 선정 SAT 추천도서 | 《타임》 선정 현대 100대 영문소설
6 **허클베리 핀의 모험** 트웨인·김욱동 옮김 《뉴스위크》 선정 100대 명저
7 **암흑의 핵심** 콘래드·이상옥 옮김 미국대학위원회 선정 SAT 추천도서 | 《뉴스위크》 선정 10대 명저
8 **토니오 크뢰거·트리스탄·베네치아에서의 죽음** 토마스 만·안삼환 외 옮김 노벨 문학상 수상 작가
9 **문학이란 무엇인가** 사르트르·정명환 옮김
10 **한국단편문학선 1** 김동인 외·이남호 엮음 국립중앙도서관 선정 청소년 권장도서
11·12 **인간의 굴레에서** 서머싯 몸·송무 옮김
13 **이반 데니소비치, 수용소의 하루** 솔제니친·이영의 옮김 노벨 문학상 수상 작가
14 **너새니얼 호손 단편선** 호손·천승걸 옮김
15 **나의 미카엘** 오즈·최창모 옮김
16·17 **중국신화전설** 위앤커·전인초, 김선자 옮김
18 **고리오 영감** 발자크·박영근 옮김
19 **파리대왕** 골딩·유종호 옮김 노벨 문학상 수상 작가 | 《타임》 선정 현대 100대 영문소설
20 **한국단편문학선 2** 김동리 외·이남호 엮음
21·22 **파우스트** 괴테·정서웅 옮김 서울대 권장도서 100선 | 미국대학위원회 선정 SAT 추천도서
23·24 **빌헬름 마이스터의 수업시대** 괴테·안삼환 옮김
25 **젊은 베르테르의 슬픔** 괴테·박찬기 옮김 논술 및 수능에 출제된 책(1998~2005)
26 **이피게니에·스텔라** 괴테·박찬기 외 옮김
27 **다섯째 아이** 레싱·정덕애 옮김 노벨 문학상 수상 작가
28 **삶의 한가운데** 린저·박찬일 옮김
29 **농담** 쿤데라·방미경 옮김
30 **야성의 부름** 런던·권택영 옮김
31 **아메리칸** 제임스·최경도 옮김
32·33 **양철북** 그라스·장희창 옮김 노벨 문학상 수상 작가 | 서울대 권장도서 100선
34·35 **백년의 고독** 마르케스·조구호 옮김 노벨 문학상 수상 작가 | 서울대 권장도서 100선
36 **마담 보바리** 플로베르·김화영 옮김 서울대 권장도서 100선
37 **거미여인의 키스** 푸익·송병선 옮김
38 **달과 6펜스** 서머싯 몸·송무 옮김
39 **폴란드의 풍차** 지오노·박인철 옮김
40·41 **독일어 시간** 렌츠·정서웅 옮김
42 **말테의 수기** 릴케·문현미 옮김
43 **고도를 기다리며** 베케트·오증자 옮김 노벨 문학상 수상 작가 | 서울대 권장도서 100선
44 **데미안** 헤세·전영애 옮김 노벨 문학상 수상 작가
45 **젊은 예술가의 초상** 조이스·이상옥 옮김 서울대 권장도서 100선
46 **카탈로니아 찬가** 오웰·정영목 옮김
47 **호밀밭의 파수꾼** 샐린저·정영목 옮김 《타임》 선정 현대 100대 영문소설 | 미국대학위원회 선정 SAT 추천도서 | 《뉴스위크》 선정 100대 명저 | BBC 선정 꼭 읽어야 할 책
48·49 **파르마의 수도원** 스탕달·원윤수, 임미경 옮김
50 **수레바퀴 아래서** 헤세·김이섭 옮김 노벨 문학상 수상 작가 | 국립중앙도서관 선정 청소년 권장도서

51·52 **내 이름은 빨강** 파묵·이난아 옮김 노벨 문학상 수상 작가
53 **오셀로** 셰익스피어·최종철 옮김 서울대 권장도서 100선
54 **조서** 르 클레지오·김윤진 옮김 노벨 문학상 수상 작가
55 **모래의 여자** 아베 코보·김난주 옮김
56·57 **부덴브로크 가의 사람들** 토마스 만·홍성광 옮김 노벨 문학상 수상 작가
58 **싯다르타** 헤세·박병덕 옮김 노벨 문학상 수상 작가
59·60 **아들과 연인** 로렌스·정상준 옮김 《뉴스위크》 선정 100대 명저
61 **설국** 가와바타 야스나리·유숙자 옮김 노벨 문학상 수상 작가 | 서울대 권장도서 100선
62 **벨킨 이야기·스페이드 여왕** 푸슈킨·최선 옮김
63·64 **넙치** 그라스·김재혁 옮김 노벨 문학상 수상 작가
65 **소망 없는 불행** 한트케·윤용호 옮김 노벨 문학상 수상 작가
66 **나르치스와 골드문트** 헤세·임홍배 옮김 노벨 문학상 수상 작가
67 **황야의 이리** 헤세·김누리 옮김 노벨 문학상 수상 작가
68 **페테르부르크 이야기** 고골·조주관 옮김
69 **밤으로의 긴 여로** 오닐·민승남 옮김 노벨 문학상 수상 작가 | 미국대학위원회 선정 SAT 추천도서
70 **체호프 단편선** 체호프·박현섭 옮김
71 **버스 정류장** 가오싱젠·오수경 옮김 노벨 문학상 수상 작가
72 **구운몽** 김만중·송성욱 옮김 서울대 권장도서 100선 | 국립중앙도서관 선정 청소년 권장도서
73 **대머리 여가수** 이오네스코·오세곤 옮김
74 **이솝 우화집** 이솝·유종호 옮김 논술 및 수능에 출제된 책(1998~2005)
75 **위대한 개츠비** 피츠제럴드·김욱동 옮김 《타임》 선정 현대 100대 영문소설
76 **푸른 꽃** 노발리스·김재혁 옮김
77 **1984** 오웰·정회성 옮김 《타임》 선정 현대 100대 영문소설 | 《뉴스위크》 선정 100대 명저
78·79 **영혼의 집** 아옌데·권미선 옮김
80 **첫사랑** 투르게네프·이항재 옮김
81 **내가 죽어 누워 있을 때** 포크너·김명주 옮김 노벨 문학상 수상 작가
82 **런던 스케치** 레싱·서숙 옮김 노벨 문학상 수상 작가
83 **팡세** 파스칼·이환 옮김
84 **질투** 로브그리예·박이문, 박희원 옮김
85·86 **채털리 부인의 연인** 로렌스·이인규 옮김
87 **그 후** 나쓰메 소세키·윤상인 옮김
88 **오만과 편견** 오스틴·윤지관, 전승희 옮김 미국대학위원회 선정 SAT 추천도서
89·90 **부활** 톨스토이·연진희 옮김 논술 및 수능에 출제된 책(1998~2005)
91 **방드르디, 태평양의 끝** 투르니에·김화영 옮김
92 **미겔 스트리트** 나이폴·이상옥 옮김 노벨 문학상 수상 작가
93 **페드로 파라모** 룰포·정창 옮김
94 **차라투스트라는 이렇게 말했다** 니체·장희창 옮김 국립중앙도서관 선정 청소년 권장도서
95·96 **적과 흑** 스탕달·이동렬 옮김 국립중앙도서관 선정 청소년 권장도서
97·98 **콜레라 시대의 사랑** 마르케스·송병선 옮김 노벨 문학상 수상 작가 | BBC 선정 꼭 읽어야 할 책
99 **맥베스** 셰익스피어·최종철 옮김 서울대 권장도서 100선 | 미국대학위원회 선정 SAT 추천도서
100 **춘향전** 작자 미상·송성욱 풀어 옮김 서울대 권장도서 100선
101 **페르디두르케** 곰브로비치·윤진 옮김
102 **포르노그라피아** 곰브로비치·임미경 옮김
103 **인간 실격** 다자이 오사무·김춘미 옮김
104 **네루다의 우편배달부** 스카르메타·우석균 옮김

105·106 이탈리아 기행 괴테 · 박찬기 외 옮김

107 나무 위의 남작 칼비노 · 이현경 옮김

108 달콤 쌉싸름한 초콜릿 에스키벨 · 권미선 옮김

109·110 제인 에어 C. 브론테 · 유종호 옮김 BBC 선정 꼭 읽어야 할 책

111 크눌프 헤세 · 이노은 옮김 노벨 문학상 수상 작가

112 시계태엽 오렌지 버지스 · 박시영 옮김 《타임》 선정 현대 100대 영문소설 | 《뉴스위크》 선정 100대 명저

113·114 파리의 노트르담 위고 · 정기수 옮김 미국대학위원회 선정 SAT 추천도서

115 새로운 인생 단테 · 박우수 옮김

116·117 로드 짐 콘래드 · 이상옥 옮김 《뉴스위크》 선정 100대 명저

118 폭풍의 언덕 E. 브론테 · 김종길 옮김 미국대학위원회 선정 SAT 추천도서

119 텔크테에서의 만남 그라스 · 안삼환 옮김 노벨 문학상 수상 작가

120 검찰관 고골 · 조주관 옮김

121 안개 우나무노 · 조민현 옮김

122 나사의 회전 제임스 · 최경도 옮김 미국대학위원회 선정 SAT 추천도서

123 피츠제럴드 단편선 1 피츠제럴드 · 김욱동 옮김

124 목화밭의 고독 속에서 콜테스 · 임수현 옮김

125 돼지꿈 황석영

126 라셀라스 존슨 · 이인규 옮김

127 리어 왕 셰익스피어 · 최종철 옮김 서울대 권장도서 100선 | 《뉴스위크》 선정 100대 명저

128·129 쿠오 바디스 시엔키에비츠 · 최성은 옮김 노벨 문학상 수상 작가

130 자기만의 방 · 3기니 울프 · 이미애 옮김

131 시르트의 바닷가 그라크 · 송진석 옮김

132 이성과 감성 오스틴 · 윤지관 옮김

133 바덴바덴에서의 여름 치프킨 · 이장욱 옮김

134 새로운 인생 파묵 · 이난아 옮김 노벨 문학상 수상 작가

135·136 무지개 로렌스 · 김정매 옮김

137 인생의 베일 서머싯 몸 · 황소연 옮김

138 보이지 않는 도시들 칼비노 · 이현경 옮김

139·140·141 연초 도매상 바스 · 이운경 옮김 《타임》 선정 현대 100대 영문소설

142·143 플로스 강의 물방앗간 엘리엇 · 한애경, 이봉지 옮김 미국대학위원회 선정 SAT 추천도서

144 연인 뒤라스 · 김인환 옮김

145·146 이름 없는 주드 하디 · 정종화 옮김

147 제49호 품목의 경매 핀천 · 김성곤 옮김 《타임》 선정 현대 100대 영문소설

148 성역 포크너 · 이진준 옮김 노벨 문학상 수상 작가 | 퓰리처상 수상 작가

149 무진기행 김승옥

150·151·152 신곡(지옥편 · 연옥편 · 천국편) 단테 · 박상진 옮김 《뉴스위크》 선정 100대 명저

153 구덩이 플라토노프 · 정보라 옮김

154·155·156 카라마조프가의 형제들 도스토옙스키 · 김연경 옮김

157 지상의 양식 지드 · 김화영 옮김 노벨 문학상 수상 작가

158 밤의 군대들 메일러 · 권택영 옮김 퓰리처상 수상 작가

159 주홍 글자 호손 · 김욱동 옮김 서울대 권장도서 100선 | 미국대학위원회 선정 SAT 추천도서

160 깊은 강 엔도 슈사쿠 · 유숙자 옮김

161 욕망이라는 이름의 전차 윌리엄스 · 김소임 옮김

162 마사 퀘스트 레싱 · 나영균 옮김 노벨 문학상 수상 작가

163·164 운명의 딸 아옌데 · 권미선 옮김

165 **모렐의 발명** 비오이 카사레스 · 송병선 옮김
166 **삼국유사** 일연 · 김원중 옮김 서울대 권장도서 100선
167 **풀잎은 노래한다** 레싱 · 이태동 옮김 노벨 문학상 수상 작가
168 **파리의 우울** 보들레르 · 윤영애 옮김
169 **포스트맨은 벨을 두 번 울린다** 케인 · 이만식 옮김
170 **썩은 잎** 마르케스 · 송병선 옮김 노벨 문학상 수상 작가
171 **모든 것이 산산이 부서지다** 아체베 · 조규형 옮김 《타임》 선정 현대 100대 영문소설
172 **한여름 밤의 꿈** 셰익스피어 · 최종철 옮김 미국대학위원회 선정 SAT 추천도서
173 **로미오와 줄리엣** 셰익스피어 · 최종철 옮김 미국대학위원회 선정 SAT 추천도서
174·175 **분노의 포도** 스타인벡 · 김승욱 옮김 노벨 문학상 수상 작가 | 《타임》 선정 현대 100대 영문소설
176·177 **괴테와의 대화** 에커만 · 장희창 옮김
178 **그물을 헤치고** 머독 · 유종호 옮김 《타임》 선정 현대 100대 영문소설
179 **브람스를 좋아하세요...** 사강 · 김남주 옮김
180 **카타리나 블룸의 잃어버린 명예** 하인리히 뵐 · 김연수 옮김 노벨 문학상 수상 작가
181·182 **에덴의 동쪽** 스타인벡 · 정회성 옮김 노벨 문학상 수상 작가
183 **순수의 시대** 워튼 · 송은주 옮김 《뉴스위크》 선정 100대 명저 | 퓰리처상 수상작
184 **도둑 일기** 주네 · 박형섭 옮김
185 **나자** 브르통 · 오생근 옮김
186·187 **캐치-22** 헬러 · 안정효 옮김 《타임》 선정 현대 100대 영문소설
188 **숄로호프 단편선** 숄로호프 · 이항재 옮김 노벨 문학상 수상 작가
189 **말** 사르트르 · 정명환 옮김
190·191 **보이지 않는 인간** 엘리슨 · 조영환 옮김 《타임》 선정 현대 100대 영문소설
192 **왑샷 가문 연대기** 치버 · 김승욱 옮김 퓰리처상 수상 작가
193 **왑샷 가문 몰락기** 치버 · 김승욱 옮김 퓰리처상 수상 작가
194 **필립과 다른 사람들** 노터봄 · 지명숙 옮김
195·196 **하드리아누스 황제의 회상록** 유르스나르 · 곽광수 옮김
197·198 **소피의 선택** 스타이런 · 한정아 옮김 퓰리처상 수상 작가
199 **피츠제럴드 단편선 2** 피츠제럴드 · 한은경 옮김
200 **홍길동전** 허균 · 김탁환 옮김
201 **요술 부지깽이** 쿠버 · 양윤희 옮김
202 **북호텔** 다비 · 원윤수 옮김
203 **톰 소여의 모험** 트웨인 · 김욱동 옮김
204 **금오신화** 김시습 · 이지하 옮김
205·206 **테스** 하디 · 정종화 옮김 미국대학위원회 선정 SAT 추천도서 | BBC 선정 꼭 읽어야 할 책
207 **브루스터플레이스의 여자들** 네일러 · 이소영 옮김
208 **더 이상 평안은 없다** 아체베 · 이소영 옮김
209 **그레인지 코플랜드의 세 번째 인생** 워커 · 김시현 옮김 퓰리처상 수상 작가
210 **어느 시골 신부의 일기** 베르나노스 · 정영란 옮김
211 **타라스 불바** 고골 · 조주관 옮김
212·213 **위대한 유산** 디킨스 · 이인규 옮김 서울대 권장도서 100선 | BBC 선정 꼭 읽어야 할 책
214 **면도날** 서머싯 몸 · 안진환 옮김
215·216 **성채** 크로닌 · 이은정 옮김
217 **오이디푸스 왕** 소포클레스 · 강대진 옮김 서울대 권장도서 100선
218 **세일즈맨의 죽음** 밀러 · 강유나 옮김
219·220·221 **안나 카레니나** 톨스토이 · 연진희 옮김 서울대 권장도서 100선

222 **오스카 와일드 작품선** 와일드 · 정영목 옮김
223 **벨아미** 모파상 · 송덕호 옮김
224 **파스쿠알 두아르테 가족** 호세 셀라 · 정동섭 옮김 노벨 문학상 수상 작가
225 **시칠리아에서의 대화** 비토리니 · 김운찬 옮김
226·227 **길 위에서** 케루악 · 이만식 옮김 《타임》 선정 현대 100대 영문소설 | 《뉴스위크》 선정 100대 명저
228 **우리 시대의 영웅** 레르몬토프 · 오정미 옮김
229 **아우라** 푸엔테스 · 송상기 옮김
230 **클링조어의 마지막 여름** 헤세 · 황승환 옮김 노벨 문학상 수상 작가
231 **리스본의 겨울** 무뇨스 몰리나 · 나송주 옮김
232 **뻐꾸기 둥지 위로 날아간 새** 키지 · 정회성 옮김 《타임》 선정 현대 100대 영문소설
233 **페널티킥 앞에 선 골키퍼의 불안** 한트케 · 윤용호 옮김 노벨 문학상 수상 작가
234 **참을 수 없는 존재의 가벼움** 쿤데라 · 이재룡 옮김
235·236 **바다여, 바다여** 머독 · 최옥영 옮김
237 **한 줌의 먼지** 에벌린 워 · 안진환 옮김 《타임》 선정 현대 100대 영문소설
238 **뜨거운 양철 지붕 위의 고양이 · 유리 동물원** 윌리엄스 · 김소임 옮김 퓰리처상 수상작
239 **지하로부터의 수기** 도스토옙스키 · 김연경 옮김
240 **키메라** 바스 · 이운경 옮김
241 **반쪼가리 자작** 칼비노 · 이현경 옮김
242 **벌집** 호세 셀라 · 남진희 옮김 노벨 문학상 수상 작가
243 **불멸** 쿤데라 · 김병욱 옮김
244·245 **파우스트 박사** 토마스 만 · 임홍배, 박병덕 옮김 노벨 문학상 수상 작가
246 **사랑할 때와 죽을 때** 레마르크 · 장희창 옮김
247 **누가 버지니아 울프를 두려워하랴?** 올비 · 강유나 옮김
248 **인형의 집** 입센 · 안미란 옮김
249 **위폐범들** 지드 · 원윤수 옮김 노벨 문학상 수상 작가
250 **무정** 이광수 · 정영훈 책임 편집 서울대 권장도서 100선
251·252 **의지와 운명** 푸엔테스 · 김현철 옮김
253 **폭력적인 삶** 파솔리니 · 이승수 옮김
254 **거장과 마르가리타** 불가코프 · 정보라 옮김
255·256 **경이로운 도시** 멘도사 · 김현철 옮김
257 **야콥을 둘러싼 추측들** 욘존 · 손대영 옮김
258 **왕자와 거지** 트웨인 · 김욱동 옮김
259 **존재하지 않는 기사** 칼비노 · 이현경 옮김
260·261 **눈먼 암살자** 애트우드 · 차은정 옮김 《타임》 선정 현대 100대 영문소설
262 **베니스의 상인** 셰익스피어 · 최종철 옮김
263 **말리나** 바흐만 · 남정애 옮김
264 **사볼타 사건의 진실** 멘도사 · 권미선 옮김
265 **뒤렌마트 희곡선** 뒤렌마트 · 김혜숙 옮김
266 **이방인** 카뮈 · 김화영 옮김 노벨 문학상 수상 작가 | 미국대학위원회 선정 SAT 추천도서
267 **페스트** 카뮈 · 김화영 옮김 노벨 문학상 수상 작가 | 국립중앙도서관 선정 청소년 권장도서
268 **검은 튤립** 뒤마 · 송진석 옮김
269·270 **베를린 알렉산더 광장** 되블린 · 김재혁 옮김
271 **하얀 성** 파묵 · 이난아 옮김 노벨 문학상 수상 작가
272 **푸슈킨 선집** 푸슈킨 · 최선 옮김
273·274 **유리알 유희** 헤세 · 이영임 옮김 노벨 문학상 수상 작가

275 **픽션들** 보르헤스·송병선 옮김 서울대 권장도서 100선
276 **신의 화살** 아체베·이소영 옮김
277 **빌헬름 텔·간계와 사랑** 실러·홍성광 옮김
278 **노인과 바다** 헤밍웨이·김욱동 옮김 노벨 문학상 수상 작가 | 퓰리처상 수상작
279 **무기여 잘 있어라** 헤밍웨이·김욱동 옮김 미국대학위원회 선정 SAT 추천도서
280 **태양은 다시 떠오른다** 헤밍웨이·김욱동 옮김 《타임》 선정 현대 100대 영문 소설
281 **알레프** 보르헤스·송병선 옮김
282 **일곱 박공의 집** 호손·정소영 옮김
283 **에마** 오스틴·윤지관, 김영희 옮김
284·285 **죄와 벌** 도스토옙스키·김연경 옮김 미국대학위원회 선정 SAT 추천도서
286 **시련** 밀러·최영 옮김
287 **모두가 나의 아들** 밀러·최영 옮김
288·289 **누구를 위하여 종은 울리나** 헤밍웨이·김욱동 옮김 노벨 문학상 수상 작가
290 **구르브 연락 없다** 멘도사·정창 옮김
291·292·293 **데카메론** 보카치오·박상진 옮김
294 **나누어진 하늘** 볼프·전영애 옮김
295·296 **제브데트 씨와 아들들** 파묵·이난아 옮김 노벨 문학상 수상 작가
297·298 **여인의 초상** 제임스·최경도 옮김 미국대학위원회 선정 SAT 추천도서
299 **압살롬, 압살롬!** 포크너·이태동 옮김 노벨 문학상 수상 작가
300 **이상 소설 전집** 이상·권영민 책임 편집
301·302·303·304·305 **레 미제라블** 위고·정기수 옮김
306 **관객모독** 한트케·윤용호 옮김 노벨 문학상 수상 작가
307 **더블린 사람들** 조이스·이종일 옮김
308 **에드거 앨런 포 단편선** 앨런 포·전승희 옮김 미국대학위원회 선정 SAT 추천도서
309 **보이체크·당통의 죽음** 뷔히너·홍성광 옮김
310 **노르웨이의 숲** 무라카미 하루키·양억관 옮김
311 **운명론자 자크와 그의 주인** 디드로·김희영 옮김
312·313 **헤밍웨이 단편선** 헤밍웨이·김욱동 옮김 노벨 문학상 수상 작가
314 **피라미드** 골딩·안지현 옮김 노벨 문학상 수상 작가
315 **닫힌 방·악마와 선한 신** 사르트르·지영래 옮김
316 **등대로** 울프·이미애 옮김 《타임》 선정 현대 100대 영문소설 | 《뉴스위크》 선정 100대 명저
317·318 **한국 희곡선** 송영 외·양승국 엮음
319 **여자의 일생** 모파상·이동렬 옮김
320 **의식** 노터봄·김영중 옮김
321 **육체의 악마** 라디게·원윤수 옮김
322·323 **감정 교육** 플로베르·지영화 옮김
324 **불타는 평원** 룰포·정창 옮김
325 **위대한 몬느** 알랭푸르니에·박영근 옮김
326 **라쇼몬** 아쿠타가와 류노스케·서은혜 옮김
327 **반바지 당나귀** 보스코·정영란 옮김
328 **정복자들** 말로·최윤주 옮김
329·330 **우리 동네 아이들** 마흐푸즈·배혜경 옮김 노벨 문학상 수상 작가
331·332 **개선문** 레마르크·장희창 옮김
333 **사바나의 개미 언덕** 아체베·이소영 옮김
334 **게걸음으로** 그라스·장희창 옮김 노벨 문학상 수상 작가

335 **코스모스** 곰브로비치 · 최성은 옮김
336 **좁은 문 · 전원교향곡 · 배덕자** 지드 · 동성식 옮김 노벨 문학상 수상 작가
337·338 **암 병동** 솔제니친 · 이영의 옮김 노벨 문학상 수상 작가
339 **피의 꽃잎들** 응구기 와 시옹오 · 왕은철 옮김
340 **운명** 케르테스 · 유진일 옮김 노벨 문학상 수상 작가
341·342 **벌거벗은 자와 죽은 자** 메일러 · 이운경 옮김 퓰리처상 수상 작가
343 **시지프 신화** 카뮈 · 김화영 옮김 노벨 문학상 수상 작가
344 **뇌우** 차오위 · 오수경 옮김
345 **모옌 중단편선** 모옌 · 심규호, 유소영 옮김 노벨 문학상 수상 작가
346 **일야서** 한사오궁 · 심규호, 유소영 옮김
347 **상속자들** 골딩 · 안지현 옮김 노벨 문학상 수상 작가
348 **설득** 오스틴 · 전승희 옮김
349 **히로시마 내 사랑** 뒤라스 · 방미경 옮김
350 **오 헨리 단편선** 오 헨리 · 김희용 옮김
351·352 **올리버 트위스트** 디킨스 · 이인규 옮김
353·354·355·356 **전쟁과 평화** 톨스토이 · 연진희 옮김
357 **다시 찾은 브라이즈헤드** 에벌린 워 · 백지민 옮김
358 **아무도 대령에게 편지하지 않다** 마르케스 · 송병선 옮김
359 **사양** 다자이 오사무 · 유숙자 옮김
360 **좌절** 케르테스 · 한경민 옮김 노벨 문학상 수상 작가
361·362 **닥터 지바고** 파스테르나크 · 김연경 옮김 노벨 문학상 수상 작가
363 **노생거 사원** 오스틴 · 윤지관 옮김
364 **개구리** 모옌 · 심규호, 유소영 옮김 노벨 문학상 수상 작가
365 **마왕** 투르니에 · 이원복 옮김 공쿠르상 수상 작가
366 **맨스필드 파크** 오스틴 · 김영희 옮김
367 **이선 프롬** 이디스 워튼 · 김욱동 옮김 퓰리처상 수상 작가
368 **여름** 이디스 워튼 · 김욱동 옮김 퓰리처상 수상 작가
369·370·371 **나는 고백한다** 자우메 카브레 · 권가람 옮김
372·373·374 **태엽 감는 새 연대기** 무라카미 하루키 · 김난주 옮김
375·376 **대사들** 제임스 · 정소영 옮김
377 **족장의 가을** 마르케스 · 송병선 옮김 노벨 문학상 수상 작가
378 **핏빛 자오선** 매카시 · 김시현 옮김
379 **모두 다 예쁜 말들** 매카시 · 김시현 옮김
380 **국경을 넘어** 매카시 · 김시현 옮김
381 **평원의 도시들** 매카시 · 김시현 옮김
382 **만년** 다자이 오사무 · 유숙자 옮김
383 **반항하는 인간** 카뮈 · 김화영 옮김 노벨 문학상 수상 작가
384·385·386 **악령** 도스토옙스키 · 김연경 옮김
387 **태평양을 막는 제방** 뒤라스 · 윤진 옮김
388 **남아 있는 나날** 가즈오 이시구로 · 송은경 옮김
389 **앙리 브륄라르의 생애** 스탕달 · 원윤수 옮김
390 **찻집** 라오서 · 오수경 옮김
391 **태어나지 않은 아이를 위한 기도** 케르테스 · 이상동 옮김 노벨 문학상 수상 작가
392·393 **서머싯 몸 단편선** 서머싯 몸 · 황소연 옮김
394 **케이크와 맥주** 서머싯 몸 · 황소연 옮김

395 **월든** 소로 · 정회성 옮김
396 **모래 사나이** E. T. A. 호프만 · 신동화 옮김
397·398 **검은 책** 오르한 파묵 · 이난아 옮김 노벨 문학상 수상 작가
399 **방랑자들** 올가 토카르추크 · 최성은 옮김 노벨 문학상 수상 작가
400 **시여, 침을 뱉어라** 김수영 · 이영준 엮음
401·402 **환락의 집** 이디스 워튼 · 전승희 옮김
403 **달려라 메로스** 다자이 오사무 · 유숙자 옮김
404 **아버지와 자식** 투르게네프 · 연진희 옮김
405 **청부 살인자의 성모** 바예호 · 송병선 옮김
406 **세피아빛 초상** 아옌데 · 조영실 옮김
407·408·409·410 **사기 열전** 사마천 · 김원중 옮김 서울대 권장도서 100선
411 **이상 시 전집** 이상 · 권영민 책임 편집
412 **어둠 속의 사건** 발자크 · 이동렬 옮김
413 **태평천하** 채만식 · 권영민 책임 편집
414·415 **노스트로모** 콘래드 · 이미애 옮김
416·417 **제르미날** 졸라 · 강충권 옮김
418 **명인** 가와바타 야스나리 · 유숙자 옮김 노벨 문학상 수상 작가
419 **핀처 마틴** 골딩 · 백지민 옮김 노벨 문학상 수상 작가
420 **사라진 · 샤베르 대령** 발자크 · 선영아 옮김
421 **빅 서** 케루악 · 김재성 옮김
422 **코뿔소** 이오네스코 · 박형섭 옮김
423 **블랙박스** 오즈 · 윤성덕, 김영화 옮김
424·425 **고양이 눈** 애트우드 · 차은정 옮김
426·427 **도둑 신부** 애트우드 · 이은선 옮김
428 **슈니츨러 작품선** 슈니츨러 · 신동화 옮김
429·430 **세계의 끝과 하드보일드 원더랜드** 무라카미 하루키 · 김난주 옮김
431 **멜랑콜리아 I–II** 욘 포세 · 손화수 옮김 노벨 문학상 수상 작가
432 **도적들** 실러 · 홍성광 옮김
433 **예브게니 오네긴 · 대위의 딸** 푸시킨 · 최선 옮김
434·435 **초대받은 여자** 보부아르 · 강초롱 옮김
436·437 **미들마치** 엘리엇 · 이미애 옮김
438 **이반 일리치의 죽음** 톨스토이 · 김연경 옮김
439·440 **캔터베리 이야기** 초서 · 이동일, 이동춘 옮김
441·442 **아소무아르** 졸라 · 윤진 옮김
443 **가난한 사람들** 도스토옙스키 · 이항재 옮김
444·445 **마차오 사전** 한사오궁 · 심규호, 유소영 옮김
446 **집으로 날아가다** 랠프 엘리슨 · 왕은철 옮김
447 **집으로부터 멀리** 피터 케리 · 황가한 옮김
448 **바스커빌가의 사냥개** 코넌 도일 · 박산호 옮김
449 **사냥꾼의 수기** 투르게네프 · 연진희 옮김
450 **필경사 바틀비 · 선원 빌리 버드** 멜빌 · 이삼출 옮김
451 **8월은 악마의 달** 에드나 오브라이언 · 임슬애 옮김

세계문학전집은 계속 간행됩니다.